NA CAMA DO ALFA

ROUBANDO O ALFA LIVRO 3

KATE RUDOLPH

Translated by

ANDREIA BARBOZA

TEKTIME

Na cama do alfa

Kate Rudolph

Tradução: Andreia Barboza

Texto revisado segundo o novo Acordo Ortográfico da Língua Portuguesa.

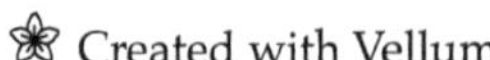

SINOPSE

Tudo tem um fim...

Mel prometeu a si mesma que se vingaria da bruxa que matou sua família ou morreria tentando. Agora, como ladra de renome mundial, ela está pronta para fazer o bem. Mas as coisas são complicadas. Aquela bruxa, Ava, não se limitou a visar Mel. Ela está vindo atrás das únicas pessoas no planeta com quem a ladra se preocupa.

A vingança é melhor servida quente...

Luke nunca poderia ter previsto a forma como Mel o derrubaria. Mas agora, ele vai fazer de tudo para salvar a vida da irmã e capturar o coração de sua ladra. Ava ameaça sua matilha, determinada a roubar um artefato mágico de imenso poder que ele nunca soube que possuía.

Se apaixonar nunca foi tão mortal...

No meio de tudo isso, Luke e Mel se encontram. Mas ela não sabe como ter relacionamentos, e a matilha dele não está interessada em ter uma ladra como sua alfa. Quando os dois estão juntos, a relação é explosiva. Mas esse fogo irá se extinguir... ou destruir.

Na cama do alfa é a conclusão da série *Roubando o Alfa*. A primeira parte, *O roubo do alfa* e a segunda, *Enredado com a ladra,* já estão disponíveis.

1

Luke Torres deveria se sentir confortável em seu próprio território. Mas, naquele momento, os galhos pesados, sem folhas e prontos para a primeira nevasca do inverno, só o deixavam tenso. Estranhos espreitavam na floresta. Inimigos da pior espécie. Os covardes não tentaram atingi-lo. Em vez disso, foram atrás de sua irmã.

E Luke não aceitaria isso.

A escuridão há muito havia assumido o controle e a meia-noite se aproximava. Luke podia sentir as garras sob sua pele prontas para entrar em ação. Logo conheceria a face de seu inimigo e arrancaria a espinha de qualquer um que o ameaçasse ou tentasse prejudicar os seus.

Maya Nunez e Sinclair caminhavam ao seu lado, com meia dúzia de outros leões espalhados em suas formas animais. Normalmente, a floresta fora de Eagle Creek, no Colorado, fervilhava de vida, não importando a hora do dia. Mas agora, tudo estava em silêncio, exceto pelo som da respiração de seus companheiros de matilha. Predadores caminhavam a noite e todas as presas estavam escondidas.

A clareira se abriu diante deles, pequena, talvez com uns seis metros de largura. Há menos de uma semana, Luke recuperou a irmã aqui depois que ela foi sequestrada por um inimigo misterioso. Muita coisa mudou desde então. E ainda assim estavam longe de curá-la. A bruxa não conseguiu desfazer o feitiço que estava matando Cassie e eles não tinham os suprimentos para tentar de novo.

Seu inimigo não lhe disse para vir sozinho, então não fez nenhum esforço para esconder seu apoio, pelo menos não aqueles que andavam sobre duas pernas. Embora pudesse ter trazido ainda mais leões consigo, os erros do passado o ensinaram bem. Não deixaria sua casa e sua irmã, sem defesa novamente. Se não tivesse feito besteira da primeira vez, a vida dela não estaria em perigo.

A vida de todos, mais provavelmente.

O ar na frente de Luke estremeceu momentaneamente e se dissolveu, revelando um homem alto, de sobretudo preto, calças escuras e botas pretas. Ele devia ter querido parecer intimidante, mas como estava, parecia apenas bobo. Este bruxo era pele e ossos, e o casaco estava pendurado nele como se estivesse em um cabide de arame. Mas o poder estalou no ar e Luke sabia que o perigo que esse homem representava não estava em seu corpo magro.

Quando nenhum outro bruxo apareceu, Luke ficou preocupado. Bom, *mais* preocupado. Quantos estavam se escondendo atrás de um manto de magia? Seus leões se escondiam com habilidade, usando a configuração do terreno a seu favor. Mas usar magia era trapaça.

O bruxo deu uma olhada em Luke, Maya e Sinclair, e sorriu.

— Com medo de vir sozinho, oh, grande alfa? — Ele falava como se estivesse torcendo o bigode ou se escondendo atrás de uma capa. Se a situação não fosse tão terrível, teria sido ridículo.

Luke não tinha tempo para brincadeiras, mas no que dizia respeito aos inimigos, isso era quase um insulto.

— Parece que você tem o melhor de mim. Quem é você? — Não tinha interesse em jogar, não com as apostas tão altas.

O homem se recompôs, se esticando uns dois centímetros e falando meia oitava mais baixo.

— Há quem me chame... — Ele se curvou

ofegando, lançou um olhar para a direita e estremeceu. Deu um único aceno de cabeça e se endireitou. — Tim. Eu sou Tim.

Maya se mexeu ao lado dele. Luke confiava nela para estar pronta para enfrentar quem quer que estivesse ao lado de Tim, mesmo que estivesse escondido. Ele não tirou sua atenção de seu inimigo visível.

— O chiado faz parte do seu nome? Ou era só para fazer efeito? — Claramente Tim era o homem de frente para o poder real.

Tim fez uma careta, com os dentes meio arreganhados.

— Você zomba de mim, mas tem medo de vagar por seu próprio território sozinho?

O alfa não ficaria zangado, mas prometeu a si mesmo que teria o prazer de arrancar as entranhas desse homem se ele fizesse um movimento errado.

— Conheço minha própria força.

— Você é claramente mais fraco do que eu pensava. — Tim inclinou a cabeça ligeiramente com um sorriso malicioso. Estendeu a mão, abrindo os dedos lentamente. Assim que a palma ficou voltada para o céu, estalou os dedos em um padrão estranho e uma centelha de fogo apareceu. O bruxo a jogou de mão em mão.

— O que você quer? — Não se deixou distrair pelo fogo. Era isso o que Tim queria.

— Muitas coisas — Tim jogou o fogo para cima e o pegou, fechando o punho e apagando a chama. — Poucas das quais você pode me oferecer. — Ele olhou para a direita mais uma vez, apenas por um segundo, antes de se concentrar em Luke.

— Então por que me chamou aqui? — o alfa questionou, com os dentes cerrados. Havia sido atacado em suas próprias terras uma vez neste mês, e ele não queria que isso acontecesse novamente.

Tim não se ofendeu com seu tom, pelo menos não externamente.

— Preciso de informações.

— Você tem um jeito interessante de pedir isso. — Dizer ao homem para se foder não traria nada a Luke; na verdade, só pioraria as coisas. Uma parte sua não se importava. Mas ele reprimiu essa parte. Era inútil para ele no momento. — Que informação?

— Onde fica o Poço?

— Daí você pode envenenar minha água? — O que um bruxo poderia querer com um poço? E ele não podia encontrá-lo por conta própria? Nem Maya, nem Sinclair pareciam saber do que ele estava falando, embora não dessem nenhuma indicação externa. Foi a falta de reação deles que deixou Luke certo de que não tinham ideia do que o bruxo estava falando.

— Você é realmente tão sem noção? — Tim zombou.

Isso não o levaria a lugar nenhum, e como ele já havia revelado sua ignorância, não havia razão para não apostar tudo.

— Não tenho ideia do que você está falando. Não posso lhe dar informações que não tenho.

Tim vacilou por um momento e seus olhos se voltaram para a direita, dando um leve aceno de cabeça e endurecendo os ombros, esticando ainda mais o corpo.

— Você quer que a sua irmã morra? Nos dê a informação e tiraremos o feitiço. Continue com esta ignorância fingida e ela não viverá nem mais esta semana.

As garras explodiram da mão de Luke, prontas para rasgar a garganta desse filhote insolente.

— Está admitindo que foi você quem enfeitiçou a minha irmã?

Tim deu de ombros.

— São suas ações agora que decidem o destino dela.

Luke teve que conter a violência dentro de si. Matar essa bruxo não ajudaria em nada para resolver seu problema. Só iria piorar as coisas.

— Não é seguro que você vá até lá agora. O rio inundou, vou precisar tomar providências. — Um rio corria ao sul de seu território e chuvas excepcionalmente fortes haviam enchido as margens. Não havia poço na área, mas Luke esperava que o blefe lhe desse tempo.

— Você tem cinco dias. — Tim estalou os dedos e desapareceu, o ar tremeluzindo onde ele estava. O alfa mandou seus leões vasculharem a área, mas não havia sinal de bruxos. Era como se nunca tivessem estado ali.

2

Cassie não estava mais tendo convulsões. Isso era um progresso. Mel observou Krista cuidar da garota. A bruxa podia fazer milagres, mas contra um feitiço habilmente colocado e uma metamorfo recém-transformada que a havia ferido gravemente, ela estava tendo um pouco de dificuldade. Dois dias antes, Cassie havia mudado para sua forma de leão inesperadamente. Pior ainda, estava tão envolvida nisso que abriu um corte feio no braço de Krista. A ferida havia sido tratada e estava começando a cicatrizar, mas a constituição de uma bruxa não lidava bem com ferimentos graves. Por enquanto, Krista cuidava da garota quando tinha energia, mas nunca ficava sozinha com ela.

Com Luke e Maya caçando, Mel ficou de babá.

Ela ficou sentada lá por mais de uma hora em um

silêncio quase confortável antes de uma comoção estourar, o som vindo da entrada.

— Parece que o alfa está de volta.

— Com certeza voltou. — Krista não olhou para Mel ao falar. Ela não sabia dizer se a raiva era devido à lesão ou pela história sobre a qual não estavam falando. Não sabia qual preferia que fosse.

Talvez Bob pudesse lhe contar, mas ele estava tentando rastrear quem tinha enfeitiçado Cassie. Ele tinha contatos que não compartilhava com as duas, mas iria buscar as informações. Isso já era alguma coisa.

Cassie soltou um miado patético e se virou para o lado, se enrolando em uma bola. Começou a tremer mais uma vez e o pelo brotou de seu braço forte e bronzeado. Krista recuou e deixou Mel assumir. Com uma mão agora experiente, ela segurou a algema que haviam prendido na parede e prendeu a jovem. Era degradante, uma coisa horrível de se fazer, mas Cassie concordava que era a única maneira de mantê-la segura, bem como a todos ao seu redor.

Mas a garota estava tão cansada da mudança quase constante nos últimos dois dias, que o tremor parou e ela caiu para trás, o pelo de seu braço recuando em sua pele, deixando a pele humana bronzeada em exibição. Os olhos castanhos da garota se abriram e ela deu um sorriso triste para Mel.

— Pelo menos não estou deixando de malhar.

Mel sorriu, mas não sabia como responder.

— Acho que ouvi seu irmão entrar — foi o que ela finalmente decidiu dizer. E isso pareceu animar a garota.

Cassie recuou até que pudesse se sentar contra a parede. Seus braços ainda estavam presos sobre a cabeça, mas ela não pediu para ser desamarrada. Mel não sabia se ela achava que iria se transformar de novo ou se simplesmente tinha se acostumado tanto com as algemas que nem as notou.

Maya entrou depois de alguns minutos, mas ainda não havia sinal de Luke. Mel soltou as restrições de Cassie e saiu em busca dele. Após procurar em todos os outros lugares do andar residencial, ela o encontrou em seu próprio quarto, sentado na cama com a cabeça apoiada nas mãos. Ela fechou a porta o mais silenciosamente que pôde, mas ele a ouviu e ergueu os olhos.

Por um momento, ele sorriu, embora seus olhos mantivessem as sombras que haviam se formado nos últimos dias. O sorriso desapareceu quando Mel não se moveu em sua direção. Ela se manteve quieta, forçando seus pés a não atravessarem o quarto para que ela pudesse abraçá-lo. Eles não tinham se tocado nos últimos dois dias e havia uma dor quase física com a falta de contato.

Mas ele não era seu companheiro.

Foi o comentário provocador de Bob que colocou o pensamento em sua cabeça quando eles estavam no México. E estava completamente errado. Ladras não se aliavam com alfas; nunca daria certo, não importava o quanto era bom beijá-lo e ser abraçada por ele. Como isso era impossível, ela não ia pensar a esse respeito. Roubo impossível era uma coisa – com planejamento estratégico e uma equipe sólida, ela conseguia quase tudo. Mas romance? Nunca.

Então Luke Torres não era seu companheiro e não havia nada que a fizesse dizer o contrário.

— Imagino que não foi bem? — ela perguntou.

Luke balançou a cabeça. Ele se moveu para um lado da cama para dar a ela espaço suficiente para se sentar, embora a cama fosse tão grande que o espaço não era um problema. Mesmo sabendo que não deveria, Mel cruzou o quarto e se sentou ao lado dele.

— Tão bem quanto poderia se esperar — Luke respondeu. — Ameaças, insultos e exigir o impossível.

— Qual era a demanda? — Mel relaxou a perna e deixou-a encostar em Luke. Não estava tecnicamente tocando-o, já que os dois estavam vestidos. Mas foi tão bom que ela não se afastou.

— Eu prefiro dizer a todos de uma vez. — Ele se

levantou e interrompeu o minúsculo contato entre eles. Mel não ficou desapontada, nem um pouco. Ele foi até a mesinha de cabeceira e vasculhou a gaveta de cima.

— O que você está fazendo? — Ela não conseguiu evitar que o sorriso aparecesse nos cantos dos lábios.

Luke puxou uma pequena bolsa de veludo preto da gaveta e jogou para ela.

— Acho que você deveria ter isso de volta.

Sem nem mesmo colocar a mão na bolsa, Mel sabia o que era. Mas ainda assim a virou e deixou a pedra transparente suspensa em uma corrente de prata cair em sua mão. A pedra de vidência. A maldita coisa que começou essa confusão. Com isso, ela poderia rastrear a mulher que matou seus pais. Luke tinha roubado dela depois que ela roubou uma gema de berilo vermelha chamada Esmeralda Escarlate de seu cofre.

— Por quê? — ela perguntou. Cassie não estava melhor, a Esmeralda Escarlate há muito estava nas mãos de um comprador desconhecido. Tudo o que ela tinha feito por ou para Luke só piorou as coisas.

Luke fechou a gaveta.

— Fizemos um acordo. Você cumpriu sua parte no trato e sou um homem de palavra.

Se era esse o caso, por que parecia que ela tinha levado um soco no estômago? Mel tinha conseguido o que queria e poderia simplesmente sair pela porta agora e nunca mais olhar para trás. Mas isso parecia muito errado.

— Você está me dizendo para ir embora? — Se o trabalho estivesse concluído, por que ela ficaria?

Luke deixou sua pergunta pairar no ar por um momento.

— Não quero você aqui porque você espera um pagamento. Não quero esse tipo de obrigação entre nós.

Ela não podia reagir a isso, ela não sabia como. Em vez disso, Mel colocou a longa corrente em seu pescoço e deixou a pedra descansar debaixo de sua camisa bem entre os seios.

— Você não deveria manter minhas joias inestimáveis em seu cofre?

Luke sorriu.

— Você iria roubá-las se eu as deixasse em um lugar tão óbvio. — Ele caminhou até o pé da cama e colocou as mãos em cada lado dela. Mel não cedeu, ela nunca cederia seu espaço para um alfa. Mas tudo que Luke fez foi beijar rapidamente sua bochecha e se afastar.

— Vamos conversar com os outros. Tenho novidades.

Mel não disse nada a ele no caminho para o quarto de Cassie. Luke estava em guerra consigo mesmo. Ele não sabia se era certo devolver a pedra, mas o pensamento de que ela permanecesse por obrigação, ou apenas porque era um trabalho, não o agradava. Mel não era apenas uma parceira de negócios que desapareceria noite adentro assim que tudo isso acabasse. Ela era sua companheira.

Pelo menos, ele achava que era.

E agora que Mel não tinha nenhum motivo para ficar, ele queria que ela ficasse por perto para ver se essa coisa entre eles realmente iria florescer em algo real. Dez minutos no México mal contavam e, da próxima vez que colocasse as mãos nela, não a soltaria. Nenhuma ligação iria interromper a próxima vez que tivessem um tempo a sós.

Mas no momento precisava manter a cabeça no jogo. Talvez Krista soubesse algo sobre o que Tim e os outros bruxos queriam. O bando se reuniria em breve e ele precisava reunir o máximo de informações sobre seu inimigo e o que ele procurava antes de falar com seu círculo interno. O que quer que estivesse por vir seria perigoso e ele precisava que todos estivessem o mais preparados possível.

Ele abriu a porta do quarto de Cassie e viu Krista sentada em um banquinho ao lado da cama de sua irmã. Maya estava meio passo atrás dela e a bruxa segurava a mão de Cassie, falando baixinho. Apesar de seu tom, ele podia ouvi-la.

— Isso pode afetar sua capacidade de se transforma depois que tudo isso for resolvido.

— Alguma ideia de quando isso vai acontecer? — Cassie perguntou.

Luke ficou feliz em ouvir sua irmã falando. E se não fosse pela pressão horrível de encontrar uma maneira de recuperá-la, de fazer tudo isso terminar, ele teria passado cada momento neste quarto com ela.

Mas seja o que fosse que a bruxa estava propondo, o deixava nervoso. Especialmente quando Krista e Cassie se enrijeceram ao perceber que ele havia entrado. Maya não se mexeu e ele não sabia se era porque ela estava escondendo sua reação a ele ou, porque não tinha nenhuma para mostrar.

— O que vai afetar sua habilidade de se transformar? — Ele tentou manter a calma. Mas Cassie demorou tanto para se transformar, ela já havia perdido tanto por causa disso, que ele não podia deixá-la se sacrificar tão facilmente.

Ele ouviu Mel se encostar na porta atrás dele. Krista meio que girou em seu banquinho para poder dar uma olhada. Ela se moveu um pouco para que Cassie pudesse vê-lo também. Sua irmã sorriu para ele e Luke sentiu uma pontada no peito. Desde que foi enfeitiçada, ela perdeu peso, suas bochechas ficaram encovadas e sua pele estava pálida. Parte dela estava desaparecendo e não havia nada que ele pudesse fazer para resolver. Exceto dar aos bruxos algo que ele não sabia que tinha.

— Oi — disse Cassie, com a voz rouca e doce. — Me dê um abraço. — Ela estendeu os braços. Pelo menos não estava algemada no momento.

Krista se levantou e ele tomou seu lugar, sentando-se ao lado da irmã e puxando-a para perto. Ela parecia uma pena em seus braços, frágil o suficiente para flutuar em uma brisa forte. Mas ele também podia sentir um núcleo de força dentro dela para sair dessa situação. Ele beijou sua bochecha e perguntou:

— Do que a Krista está falando?

Ele esperava que a bruxa falasse, mas foi sua irmã quem respondeu.

— A Krista acha que pode impedir minha transformação. Talvez me deixe controlar isso. — Ela encontrou seus olhos, que eram tão semelhantes aos dele. Às vezes, as pessoas diziam que era impossível dizer que eram meios-irmãos Essas pessoas jamais deveriam ter prestado atenção aos olhos de Cassie.

— Parece perigoso. — Sem mais informações, ele não poderia deixar sua irmã prosseguir com uma coisa que poderia isolá-la de algo tão vital. Ele olhou para Krista.

— O que você está propondo? — A pergunta saiu como uma ordem grosseira.

Maya enrijeceu, mas não disse nada.

Krista olhou para Mel antes de falar, com um sorrisinho aparecendo no canto de sua boca. A expressão desmentia suas palavras.

— Pense neste feitiço como um vírus de computador — disse ela. Luke ergueu uma sobrancelha e ela continuou explicando. — Se a Cassie fosse um computador, a mudança de forma seria um programa rodando em segundo plano. Está sempre lá, mas nem sempre ativo.

— Sim, sei como funciona.

Krista tentou cruzar os braços, mas estremeceu e deixou o braço ferido solto.

— O feitiço tem como alvo a transformação dela. Acho que quando tentei quebrá-lo, algo aconteceu. Eles foram amarrados em um grande nó. Posso desfazer o nó, bloquear o vírus de seu programa de transformação, por assim dizer, mas isso pode impedi-la de se transformar.

Luke olhou para Cassie.

— Não, é muito perigoso. Não depois... — Ele parou de completar a frase.

Mas Cassie completou para ele.

— Não depois que me meti nessa confusão porque eu queria tanto me transformar? Não depois que eu me deixei ser sequestrada por vampiros? Não depois que fiz isso comigo mesma? Qual dessas opções é a certa, Luke?

— Não foi isso que eu quis dizer. — Saiu mais duro do que ele pretendia. Cassie só foi sequestrada depois de tentar fazer um acordo com Mel semanas antes, quando ela era sua prisioneira. Os vampiros usaram um lapso momentâneo em sua guarda para se esgueirar e tomá-la. Tudo parecia ter acontecido há séculos agora, mas parte disso era porque ele não teve tempo para realmente lidar com as consequências.

Ela endureceu a mandíbula.

— A escolha não é sua.

— O inferno que não é. — Luke queria se levantar, andar de um lado para o outro, mas permaneceu sentado. — Você está no meu território, Cass. Acha que vou deixar uma bruxa te matar?

— Estou morrendo de qualquer maneira! —

Deveria ter sido um grito, mas saiu como uma tosse rouca. — As transformações estão acontecendo cada vez mais rápido. Não sei quanto mais vou durar.

A tristeza desesperada em sua voz apunhalou Luke até o âmago. Ele queria algo contra o qual pudesse lutar, alguma forma de torná-la melhor. Em vez disso, estava preso aqui, depositando suas esperanças em uma bruxa que mal conhecia para ajudar sua irmã e salvar seu povo.

Antes que ele pudesse dizer qualquer outra coisa, Mel falou:

— As pessoas que fizeram isso com ela apareceram? Se querem algo de você, provavelmente vão quebrar o feitiço em troca.

Luke queria contar tudo a ela. Queria jogar a cautela ao vento e pedir seu conselho antes mesmo de levar o assunto a seus conselheiros de confiança do bando. Mas não conseguiu. Tinha uma responsabilidade para com seu povo e, à frente disso, não podia passar informações confidenciais a alguém que recentemente fora seu inimigo.

Ou, se não fosse sua inimiga, tinha sido pelo menos sua oponente.

Por isso, ele não chegou a responder.

— Mesmo que fizessem, por que eu acreditaria neles? — Ele se virou para Cassie. — Tem certeza de que confia na Krista para fazer isso?

Cassie assentiu.

— Sim.

Então ele respeitaria a decisão de sua irmã. Até certo ponto. Olhou para Krista, deixando apenas um pouco do seu leão interior aparecer em seus olhos. Para seu crédito, ela não vacilou.

— Se ela morrer... — Ele não terminou a ameaça antes que a bruxa assentisse.

— Entendi.

3

Mel saiu do quarto antes que Krista começasse a trabalhar em Cassie. Tanto Maya quanto Luke ficaram, o que a fez se sentir um pouco culpada por abandonar sua parceira aos leões potencialmente hostis. Mas a sensação de enjoo provocado pela magia era demais para ela, que podia sentir um peso sendo tirado de seus ombros a cada passo. Nem todo metamorfo podia sentir a magia. Na verdade, a maioria não conseguia. Mas Mel conviveu com bruxos desde os oito anos e, embora não fosse capaz de fazer magia sozinha, sentia que era uma habilidade aprendida.

Chegou ao quarto e puxou o diamante de debaixo da camisa. A corrente de prata se acumulou em sua mão, quente de sua pele. Ela rolou o diamante entre dois dedos. Nada nisso parecia mágico, não havia marcas especiais. Mas nas mãos de uma bruxa poderosa o suficiente, esta pedra poderia ser usada para rastrear Ava. Isso iria atingi-la até que Mel pudesse encontrá-la e derrotá-la de uma vez por todas.

E era a única razão pela qual tinha ficado no complexo de Luke desde que voltaram do México.

Não era?

Pegou sua bolsa e colocou o colar em um compartimento escondido. No que dizia respeito à segurança, faltava qualquer coisa que ela aceitaria em circunstâncias normais. Mas não tinha outro lugar para escondê-lo além de usá-lo o tempo todo, e se Krista visse, se perguntaria por que Mel não tinha feito as malas e deixado o lugar no momento em que Luke balançou o diamante diante dela.

Mel empurrou a bolsa para debaixo da cama e pulou no colchão bem a tempo de ver Krista entrar mancando. A bruxa estava coberta por uma fina camada de suor e com a pele pálida. Parecia não dormir há três semanas.

— Deu certo? — perguntou Mel. Ela não tinha ouvido nenhum grito, o que parecia uma melhora, mas não havia como dizer.

Krista se apoiou contra a porta e se deixou afundar no chão bem devagar. Ela caiu com um baque e puxou as pernas para perto, descansando a cabeça no joelho.

— Acho que sim. A garota conseguiu. Maya vai colocar um dos membros mais antigos do bando para monitorá-la. Acho que se não se transformar nas próximas doze horas, ela deve ter controle suficiente para sobreviver até... — Krista não terminou o pensamento. Não precisava.

— Bom, estou feliz que ela vai ficar bem. — Mel não se preocuparia com o que poderia acontecer depois. Eles pararam a ameaça imediata, que era tudo o que podiam fazer no momento. — Você foi capaz de descobrir quem lançou o feitiço? — Mel estava acostumada a não saber para quem trabalhava, mas não suportava não conhecer seus inimigos.

A voz de Krista foi abafada contra a perna e Mel mal podia vê-la balançar a cabeça.

— Não, tive que parar de procurar quando a Cassie começou a se transformar.

— Você tem alguma ideia? — Esse tipo de magia era estranha. Quase qualquer bruxa poderia fazer, mas fazê-lo sem deixar uma conexão clara entre o feiticeiro e a feitiçaria sugeria alguém com imenso poder e habilidade. Poucos bruxos optavam por usá-los. Elas criaram um vínculo que poderia ser manipulado e voltado contra a bruxa responsável. A maioria via isso como um risco muito grande para ser assumido.

— Um nome me vem à mente. — Krista se levantou devagar e se dirigiu para a cama. O quarto não tinha sido originalmente feito para duas pessoas e Mel reivindicou a cama de solteiro no segundo em que entrou. Isso deixou Krista com uma cama improvisada que ela dizia ser muito confortável. Mel tinha tentado oferecer a cama depois do seu ferimento, mas a bruxa não quis. — Mas se for ela... — continuou Krista — seria muita coincidência.

— Ava. — O nome encheu Mel de raiva e um senso de propósito. Se ela tivesse lançado o feitiço em Cassie, Mel não teria motivo para aquela pedra. Haveria uma matilha inteira de leões caçando a bruxa, e demoraria apenas um certo tempo até que a encontrassem. Mas não se tratava apenas de Cassie. Ava matou a família de Mel, sua matilha inteira, quando ela era apenas uma criança. O objetivo de sua vida era se vingar da bruxa. E ela nunca tinha estado tão perto.

— Ou alguém que ela treinou. Não consigo imaginar nenhum dos outros covens principais fazendo isso. — Tudo se resumia à política. Oficialmente, Ava não controlava nenhum território, mas não era afiliada a nenhum clã. Qualquer coisa que ela reivindicasse era abandonada assim que ela conseguiu o que queria. — Mas — continuou Krista —, mesmo que seja ela, queremos realmente lutar com ela aqui? Agora? — Ela gesticulou para sua ferida. — Não estou exatamente em ótima forma e não conhecemos essas pessoas.

— Você está sugerindo que joguemos fora aliados em potencial? Eles não são exatamente estúpidos para ir contra ela. — Ninguém que conhecia Ava se opôs a ela por muito tempo. O melhor curso de ação para lutar com ela era evitá-la.

— Essas pessoas eram nossos inimigos há duas semanas. Você não acha que eles vão se voltar contra nós no segundo que tiverem uma chance? — Uma veemência inesperada soou nas palavras de Krista. — Não há nada para nós aqui, Mel. Provavelmente deveríamos pensar em fazer as malas antes que o território deles queime.

Mel não respondeu. Não podia discutir com Krista, especialmente porque ela provavelmente estava certa. Em vez disso, deixou a bruxa por conta própria e saiu, determinada a extravasar um pouco da energia que queimava dentro de si.

Ao sair, viu Maya descendo as escadas carregando uma bandeja cheia de sopa fumegante. A leoa não disse nada e Mel devolveu o favor. Maya não parecia de bom humor e Mel não tinha vontade de contrariá-la. Ainda não.

Mas as palavras de Krista a assombravam. Ela nunca foi tão rápida em confiar, tão rápida em dar sua lealdade. No entanto, quando se tratava de Luke Torres, Mel estava com medo de descobrir o que faria. Traição estava fora de questão. O pensamento a deixou enjoada e ela não conseguia imaginá-lo se virando contra ela. Só não sabia se poderia ficar e torcer pelo melhor. Ele era um alfa, ela era uma ladra sem matilha. Seus mundos não se misturavam.

Nunca.

Mel se viu do lado de fora do quintal de Luke. Um pequeno pedaço de gramado bem cuidado que terminava na densa floresta do Colorado. Caminhou até as árvores e, uma vez encoberta, tirou as roupas e se inclinou para mudar de forma. Demorou algum tempo. Suas transformações completas não eram nada de especial, não eram mais dolorosas depois de anos de prática, mas demorou mais de um minuto para ir de humana a leopardo.

Uma vez completada a transformação, ela se espreguiçou, deixando suas longas garras cavarem na terra macia. A pequena destruição, o reordenamento, foi bom. Podia sentir cada tendão de seu corpo felino, a força enrolada em linhas flexíveis e letais. Não havia nada melhor do que isso. Nem mesmo roubo.

Saiu correndo, deixando o vento conduzi-la pela

floresta, esquivando-se e subindo em árvores enquanto avançava. Continuou por tanto tempo, que ela perdeu a noção das horas, não que isso importasse para ela dessa forma. Um leopardo não precisava de relógios.

Uma eternidade ou um segundo depois, sentiu um cheiro delicioso, felino como ela, mas diferente, masculino e cheirando a savana em vez de selva. Um leão. *Seu* leão. Ele tinha saído para brincar e, por enquanto, ela queria ver seu companheiro.

4

Luke quase vomitou assistindo Krista trabalhar em Cassie. Ele nunca tinha visto a bruxa trabalhar, nunca tinha visto nenhuma bruxa fazer magia. E agora ficaria feliz se nunca mais visse uma bruxa lançar um feitiço em outra pessoa novamente. Cassie se contorceu, gritando e implorando para que parassem. Mas Krista os avisou que a garota faria isso e que, se parassem, só a machucaria mais a longo prazo.

Luke queria acabar com aquilo, mas Cassie queria que Krista executasse o feitiço. Então, não importava a dor, ele não impediu Krista e impediu Maya de fazer o mesmo.

Talvez Mel tenha tido a ideia certa. Ela escapou antes que o indefinível cheiro de magia invadisse a sala e ele não soubesse para onde ela tinha ido. Talvez de volta ao quarto, ou quem sabe o estivesse roubando às cegas. Agora que tinha a pedra que ela veio buscar, ela poderia simplesmente desaparecer, já que seu único objetivo em trabalhar com ele alcançado. Foi estúpido. Ele sabia que tinha sido estúpido, mas isso não o impediu.

Assim que o alfa tomou uma decisão, ele a seguiu. Com determinação foi como ele permaneceu como alfa.

Quinze minutos depois que a magia começou, ela foi cortada. Os gritos de Cassie foram silenciados e o único som no quarto era a respiração ofegante de Krista.

Luke observou a irmã. O suor grudou seu cabelo loiro no rosto e ela respirava fundo, seu peito subindo tenso com cada inalação. Ela estava viva, inconsciente, mas viva. Ele voltou seu olhar para Krista. Sua pele cor de mel estava pálida e, assim como sua irmã, ela estava coberta de suor. Se fosse possível, ele acharia que ela havia perdido cinco quilos em poucos minutos. Parecia esgotada, exausta, horrível.

— Pronto, Alfa — disse ela, seu olhar castanho duro como aço. — Ela está viva.

Luke não tinha mais energia para ameaças. Cassie estava viva, isso era tudo que importava. Eles resolveriam o resto pela manhã.

— Obrigado — disse ele e saiu do quarto. Krista o

seguiu e andou trôpega pelo corredor até os aposentos que compartilhava com Mel.

Maya foi a última a sair.

— Vou pedir a Ginny para vir ficar com ela. — Ela observou Krista, — Ela arriscou sua vida para salvar Cassie.

Havia algo que Maya não estava contando a ele, mas ele confiava nela para guardar seus próprios segredos.

— Eu a agradeci. Ela e Mel são minhas convidadas. — Ele tomou uma decisão certa então que poderia ser ainda pior do que devolver a pedra a Mel se estivesse errado. — Absolvi Mel de seus crimes, assim como os seus associados.

Ele saiu antes que Maya pudesse questionar. Precisava correr.

Deixar sua própria casa sem interrupção não deveria ter sido uma tarefa tão difícil, mas entre os vampiros, bruxos e ladrões correndo desenfreados, ele e seus leões estavam em alerta máximo. Ainda assim, Luke cronometrou certo e chegou à floresta sem incidentes. *Era assim que Mel se sentia,* ele se perguntou, *quando entrava de formar furtiva na casa de estranhos na calada da noite para levar seus pertences?*

Ele esperava que ela sentisse mais do que aborrecimento com a tarefa. Uma mistura de medo e alegria, o mesmo que o dominou durante a excursão ao México. Se não fosse por Inicio Nunca, suas memórias poderiam ser melhores. O homem matou o pai de Luke há mais de vinte anos. Para completar a missão, Luke e Mel o deixaram viver. Algum dia, Luke caçaria Nunca e teria sua vingança. Mas não seria hoje. Nem logo.

Ele tirou as roupas e se agachou para se transformar. Mas antes mesmo que a primeira ondulação pudesse atingi-lo, ele paralisou. Ele não estava sozinho na floresta. Sua ladra estava assistindo. Esperando.

Era um ato íntimo se transformar na frente de outra pessoa. Mas saber que Mel estava assistindo não o impediu. A mudança foi rápida, como sempre. Em um momento ele era um homem agachado no chão da floresta, e menos de dez segundos depois em seu lugar estava um leão gigante, que se encaixaria melhor na vasta extensão da África subsaariana do que nas florestas e montanhas no meio dos Estados Unidos.

Mas não havia nenhum outro lugar que ele preferisse estar no momento. Especialmente não depois que um lindo leopardo negro escapuliu das árvores e cruzou seu caminho. Ela se aproximou, acariciando sua crina com o rabo e disparou antes que ele pudesse impedi-la.

Luke não rugiu. Este não era um jogo para sua

matilha, era pessoal. E ele não estava disposto a compartilhar sua companheira com ninguém. Nem agora, nem nunca. Quanto mais cedo ela perceber isso, melhor.

Ele a perseguiu, assustando uma lebre que saiu de um arbusto. Mas ele não tinha interesse nisso, ainda não. Sua presa não era tão fácil de assustar. E depois de vários minutos correndo sem vê-la, percebeu que talvez ele, e não ela, fosse a presa. Se ela pensava que ele toleraria isso, Mel se enganaria.

Luke parou, ouvindo a floresta silenciosa. Ele a tinha perseguido antes, mas parecia uma vida atrás. Não havia raiva nele agora, não por ela. Um galho se quebrou à sua frente e ele quase decolou, mas no último momento se conteve. Sua ladra era inteligente. Ela não se deixaria ser pega por uma oferta tão simples.

Ele avançou devagar, com o corpo abaixado no chão. O cheiro dela estava em toda parte, permeando a floresta ao seu redor. Conseguiu identificar uma trilha, mas ela a havia circulado e ido em várias direções. Esta não era a primeira corrida de Mel nesta floresta. Mas ele encontrou a trilha mais recente e correu atrás dela, com os sentidos abertos.

De alguma forma, Mel havia se escondido. Ele percorreu o que pareceram quilômetros sem vê-la.

Ela estava nas árvores. Percebeu isso um

momento tarde demais quando ela caiu sobre ele, batendo de leve em seu lado antes de correr novamente. Desta vez, Luke estava em vantagem. Ele era maior, mais rápido e totalmente familiarizado com esta floresta.

Cobriu a distância entre eles em passadas enormes, suas patas cobrindo o chão sob ele como se fosse nada. E então ele pulou, pousando em cima de Mel e prendendo-a no chão. Ela lutou por um momento e depois ficou imóvel. Ele mordiscou seu pescoço, não para machucá-la, mas apenas para mostrar que ela foi pega.

Depois disso, correram juntos, perseguindo animais e competindo entre si. Isso continuou por um longo tempo e Luke se sentiu mais feliz do que desde antes de conhecê-la. Os pensamentos sobre suas responsabilidades haviam recuado para o fundo de sua mente e ele se concentrou exclusivamente em passar um tempo com ela.

Eles se deitaram juntos em um pequeno recanto gramado que ele mostrou a ela, pois seus corpos precisavam descansar. Ele apoiou uma pata sobre sua forma felina e sentiu sua respiração relaxar e se equilibrar. Pela primeira vez, tudo parecia exatamente certo e ele se permitiu dormir.

Mel estava na forma humana quando acordou, o que foi um pouco desconcertante com a pata do leão gigante apoiada em seu abdômen nu. Ela podia sentir o peso do enorme membro de Luke em suas costelas, mas teve medo de se soltar. Ele não a machucaria de propósito, mas estava dormindo e seus instintos podiam entrar em ação, eviscerando-a antes que ele soubesse o que estava fazendo.

Ela se moveu devagar, levantando sua pata por centímetros até que teve espaço suficiente para rolar e se afastar do alcance de suas garras. Ou teria se ele não tivesse mudado de posição um segundo antes de ela se mover, esmagando-a mais uma vez. Mel soltou uma risadinha.

Pelo lado positivo, a pata dele não estava mais em seu estômago e ela poderia tentar acordá-lo sem medo de ferimentos graves. Aninhou a cabeça em sua crina, sentindo o calor de sua pele envolvê-la. Mesmo na noite fria, se sentia bem; ele era melhor que um cobertor gigante.

Luke estremeceu e o pelo recuou, sua forma

diminuindo para a de um homem de tamanho normal. Um homem normal e nu. Ele a puxou para perto com braços agora humanos e Mel se viu em um tipo de problema completamente diferente.

Luke deixou uma trilha de beijos em seu pescoço e traçou seu queixo.

— Olá — disse ele. — Tirou uma boa soneca?

— Hummm. — Ela não tinha vontade de falar, não quando os lábios dele poderiam ser usados de maneira muito melhor. Inclinou a cabeça para baixo, capturando seus lábios nos dela, lançando a língua em sua boca. Sim, isso era muito, muito melhor. Por que ela se impedia de tocá-lo? Isso parecia muito certo.

Eles ficaram deitados entrelaçados, beijando-se por algum tempo antes de Mel deixar as mãos explorarem os planos tensos do peito de Luke. O homem tinha músculos rígidos e definidos que podiam levantar um carro acima de sua cabeça. Bem, poderiam fazer isso se levasse em consideração a força do metamorfo.

Suas mãos desceram cada vez mais, roçando a evidência de sua excitação.

Luke rolou, prendendo-a no chão debaixo dele. Em outra ocasião, ela poderia ter objetado, mas agora parecia certo. Não se tratava de dominação. Tratava-se de conexão, prazer. Ele se afastou de seus lábios, sorrindo para ela.

— Você é linda — disse ele, com os olhos brilhantes e um sorriso nos lábios. — Eu nunca quis ninguém como quero você.

Uma parte de Mel queria se defender daquele olhar. Podia sentir isso a invadir, mudando algo bem no fundo. Era loucura. Deveria ser divertido, nada mais. Dois adultos aproveitando. Então ela sorriu de volta para ele e disse a si mesma que não era nada sério.

— Então me mostre — respondeu.

Ele pairou sobre ela e em seguida se abaixou, tomando um mamilo na boca e girando a língua ao redor. Ele traçou sua marca, se imprimindo nela. Mel gemeu e entrelaçou os dedos em seu cabelo. Isso era bom. Muito bom. Luke sabia bem o que fazer com a língua. Ela passou uma perna em volta do quadril dele, deixando-se aberta para ele.

Mel o queria dentro de si, profundo e duro.

Ele não entendeu a dica, ao invés disso, contente em brincar com seus seios. Não que ela estivesse reclamando. Podia sentir-se ronronando de prazer. Fazia muito tempo desde que se permitiu ter isso.

Se fosse honesta, admitiria que nunca tinha se sentido assim.

Mas Mel raramente era.

Luke se afastou de seus seios, beijando sua barriga e uma perna, chegando ao ápice de suas coxas. Mel se remexeu um pouco e sentiu a grama embaixo do corpo. Um pequeno movimento e ela sentiu algo a furar.

Ela saltou, empurrando Luke para longe enquanto avançava.

Ele se esparramou para trás e a observou enquanto ela limpava o bumbum, jogando um enorme pedaço de casca para as árvores.

— O que houve? — ele perguntou com o rosto iluminado de preocupação.

Mel olhou para as manchas de sujeira em seus dedos e de volta para Luke. A excitação ainda corria quente dentro dela, mas tinha sido reprimida pelo ambiente. — Quando transarmos — disse ela —, vai ser em uma cama. Ou no chão, ou em uma mesa, eu realmente não me importo, contanto que não tenha cascas na minha bunda. — O ar livre dominava alguns, e Mel adorava correr como leopardo. Mas quando usava sua forma humana, era uma mulher que preferia coisas mais finas. Como cobertores e pisos. E sem cascas.

Luke olhou ao redor e pareceu perceber o cenário. Ele riu, o som explodindo em seu peito.

— Eu tenho uma cama — disse ele. Parecia uma promessa.

Ele se levantou e ofereceu-lhe a mão. Mel a segurou e deu um beijo rápido em seus lábios. Não sentiu vergonha de sua nudez. Era um fato da vida e ela gostava de seu corpo. Enquanto voltava para onde havia deixado suas roupas com Luke seguindo atrás, ela quase podia sentir seus olhos na sua bunda balançando.

Ela estava feliz que ele gostasse de seu corpo também.

5

LUKE FICOU APENAS um pouco desapontado no final do interlúdio e, embora estivesse frustrado, o ardor ainda cantava em seu sangue. Inferno, ele considerou isso um progresso. Mel estava admitindo que eles iriam dormir juntos. Embora ele ainda tivesse uma longa jornada pela frente. Ela parecia pensar que eles poderiam se divertir um pouco e acabar com isso.

Mas não se contentaria só com uma noite. Isso nunca seria suficiente. Não com ela.

Eles encontraram suas roupas depois de alguns minutos e se vestiram em silêncio. Mel estava prestes a voltar para a casa quando Luke a parou, segurou sua mão e puxou-a com gentileza em sua direção.

— Espere — disse ele. — Há algo que eu gostaria de falar.

Mel não resistiu ao seu toque, em vez disso,

inclinou-se para ele e apoiou a mão em seu peito. Ela ergueu os olhos com um sorrisinho.

— Também não vou fazer isso contra uma árvore.

Ele não tinha pensado nisso, não até que ela sugeriu. E a imagem apareceu em sua cabeça, as pernas dela enganchadas ao redor de seus quadris enquanto ele estocava dentro dela. Caramba, isso estava saindo do controle. Mas Luke olhou em volta e estendeu a mão para testar um dos carvalhos perto deles.

— Não sei, parece muito resistente. Talvez possamos amarrar um suéter em volta da sua cintura para proteger sua bunda delicada.

Ela deu um empurrou nele, dando um passo para trás. Mas riu.

— É a sua bunda delicada que estará em jogo se você continuar falando assim.

— Mas queria falar algo. Não tem nada a ver com transar contra a árvore. — Ele se encostou na dita árvore e a estudou. Ela parecia em casa nesta floresta, confortável. Mas ela raramente parecia fora do lugar. Provavelmente uma de suas muitas habilidades.

— O que é? — Mel perguntou.

— Você ou a Krista sabem o que é um poço? — Ele ainda não tinha ideia. Pretendia perguntar a respeito uma vez que voltasse da competição, mas tinha caído no esquecimento com o plano de Krista de ajudar Cassie. No final, a bruxa parecia tão cansada que disse a ela para descansar antes mesmo de se lembrar que deveria perguntar. — É algo que uma das bruxas queria. — Ele poderia ter mantido essa informação para si mesmo, mas não queria manter esse tipo de segredo de Mel.

Deus o ajudasse, ele confiava nela.

Mas o rosto de Mel empalideceu e suas mãos traíram um tremor mais ínfimo. Ela estava balançando a cabeça lentamente de um lado para o outro e cambaleou meio passo para trás.

— Você tem um Poço em seu território? — Ela se abraçou, provavelmente para parar o tremor. — Você precisa pegar suas coisas e correr. Para longe, caso contrário, pode dar adeus à vida. É uma péssima notícia.

O que poderia ser tão ruim?

— O que é um *Poço*? — ele perguntou mais uma vez, enfatizando a palavra. A maneira como ela disse soou como se devesse ser em letra maiúscula. Deveria pressioná-la, especialmente dada sua reação, e pelo bem de seu bando, ele precisava saber.

— Não posso fazer isso agora. — Ela se virou e fugiu de volta para casa. Luke não a seguiu. Ele precisava organizar seus pensamentos. Ele achava que tinha conhecido Mel muito bem nas últimas semanas. E ela não havia surtado, não desse jeito.

Quando estavam no México, Mel não teve qualquer reação quando o assassino de seu pai entrou alegremente na sala da propriedade de Marco. Ela tinha invadido sua casa em mais de uma ocasião, e mesmo como sua prisioneira, tinha sido notavelmente calma. Mas bastava a menção de um Poço e ela estava pronta para fugir? Pronta para se render? Ele estava quase apavorado ao descobrir o que isso poderia significar.

Voltou para casa alguns minutos depois, tentando alcançar Mel para lhe oferecer conforto.

Quando entrou, percebeu que ela havia se retirado para o quarto, com Krista. Quase bateu, mas se conteve no último minuto. Se ela estava pirando, ele não ajudaria. Ele tinha coisas que precisava fazer.

Encontrou Maya na cozinha, guardando os pratos da máquina de lavar louça. Ela parou quando o viu.

— E aí?

— Reúna o círculo interno. Precisamos nos encontrar. — Ele vinha mantendo os detalhes guardados, determinado a manter Cassie segura. Já haviam passado dessa fase. — E preciso falar com Peklo.

Maya franziu os lábios.

— Você não vai fazer nada estúpido, vai?

Luke planejou se encontrar com James Peklo há mais de uma semana para discutir um empreendimento comercial que o líder vampiro queria liderar. Vampiros e metamorfos não se davam bem em geral, e fazia quase um século desde que uma delegação pacífica se aventurou no território de Luke. Entre o roubo de Mel, o sequestro e feitiço de Cassie, ele adiou o encontro e afastou o homem. Irritá-lo não seria uma atitude sábia.

— Se concentre em convocar a reunião.

Maya assentiu e o deixou sozinho. Luke subiu para a Sala de Guerra e fechou a porta atrás de si. Isso não impediria ninguém de ouvir cada palavra dita lá dentro, mas indicava que ele queria privacidade. Seus leões respeitariam.

Ele discou o número de Peklo e esperou que tocasse.

Muitos dos membros mais velhos da comunidade sobrenatural relutavam em fazer negócios com qualquer tecnologia que tivesse sido inventada depois de 1600. O vampiro era um pouco mais flexível, estando disposto a lidar com alguns negócios pelo telefone. Mas ele se recusava a discutir os detalhes e efetivar os acordos se não fosse pessoalmente.

O telefone tocou várias vezes, mas Luke não desligou. Após o quinto toque, ele foi recompensado.

— Você ligou para o escritório de Jim Peak, como

posso ajudá-lo? — A voz da recepcionista era alegre e feminina.

— É Torres. Preciso falar com o Sr. Peak, — Peklo estava vivo há séculos, o que significava que não podia continuar usando seu nome verdadeiro. Isso levantaria suspeitas. A recepcionista pediu a Luke para esperar e colocá-lo na espera.

Depois de mais três minutos, Peklo atendeu, com a voz completamente desprovida de sotaque estrangeiro. Ele parecia ter crescido no Colorado. Que façanha para um homem que diziam ter mais de 400 anos.

— Boa tarde, Sr. Torres. Fico feliz que finalmente tenha conseguido entrar em contato. Está pronto para remarcar nossa reunião?

— Isso ainda está em espera. Liguei para perguntar se você me faria a cortesia de responder a algumas perguntas. — Luke não acreditava que Peklo estava associado aos vampiros que sequestraram Cassie, mas não podia simplesmente questionar isso a ele. No entanto, se ele ignorasse a possibilidade, seria negligente.

— Tenho alguns minutos. Espero que esteja tudo bem. — Para crédito do homem, ele parecia preocupado. Luke não acreditou por um momento, mas a atuação foi impressionante.

— Algum de seus associados tentou invadir seu

território recentemente? Posso ter algumas informações que o beneficiariam, se for esse o caso. — Luke adoraria falar sem eufemismo, mas sempre havia ouvidos nos fios. Talvez os mais velhos estivessem certos com seus métodos arcaicos.

— Se você acha que vou revelar assuntos internos para alguém como você, acho que podemos encerrar nosso relacionamento agora. — Peklo era muito experiente para confirmar as suspeitas de Luke com uma resposta imprudente.

— Eu odiaria pensar que você autorizou a violação de nossos acordos de limites, permitindo que seus próprios agentes vagassem livremente. — Não foi uma ameaça. Luke não estava em posição de lançar uma campanha ofensiva contra o vampiro.

— Sujeito eslavo? — Peklo perguntou. — Alguns forasteiros passaram por aqui. Eles não são meus.

— Então você não se importa com o que acontecer a ele? — Peklo provavelmente estava mentindo, pois algo em seu tom casual soou estranho para Luke.

— No interesse da transparência, você deveria tomar cuidado — ele não respondeu à pergunta, mas a mudança despertou a curiosidade de Luke.

— Oh?

— Fiquei sabendo de uma ladra nas redondezas. Vim para a cidade há mais ou menos uma semana, de avião. Não me preocupei em segui-la, e quem sabe o que ela está procurando. Fique de olho nos seus objetos de valor. — Ele estava falando sobre Mel, tinha que estar.

Luke não respondeu, em vez disso desligou o telefone e recostou-se na cadeira. Isso foi uma provocação ou um aviso real? Peklo sabia que ele e Mel eram... algo complicado? Ou estava se gabando de estar envolvido no roubo?

Maya bateu na porta e entrou antes que ele pudesse responder.

— Convoquei a reunião. Eles estarão aqui em uma hora.

Luke assentiu. Estava na hora de pedir ajuda.

6

— É a Ava. É a filha da mãe da Ava e há outra merda de Poço. — Mel andava de um lado para o outro em seu quarto, com os braços ao redor de sua barriga.

Krista apenas olhou-a de onde estava sentada na cama. Seu ferimento exigia muita energia para sarar e Mel sabia que ela não ia desperdiçar nada em teatro.

— Não consigo pensar em mais ninguém que queira um. Muito volátil.

— Eu vi as crateras — Mel retrucou. Uma parte sua se sentia com oito anos de novo e não sabia como impedir. Qualquer bom sentimento que teve com Luke antes tinha evaporado. Em seu lugar havia apenas medo. — Pensei que poderia pegá-la se tivéssemos nossa chance. Mas não quando ela vai estar tão empolgada.

— A Esmeralda Escarlate tem que ser o foco — Krista afirmou.

Mel concordou, embora não tivesse os recursos mágicos para sentir isso por si mesma. Um foco permite que um usuário de magia acesse a energia de um Poço. Mas sempre havia uma longa lista de regras que acompanhavam os artefatos mágicos.

— Eu o roubei, então se ela estiver com ele, ela é a dona? — Isso poderia significar a diferença entre a vida e a morte para o bando de Luke. Caramba, para todo o estado do Colorado. Ava poderia usar um foco que ela a "possuiria" magicamente para drenar um Poço de sua magia, mas obteria apenas um décimo do poder disponível.

Krista negou com a cabeça.

— Não, ainda deve pertencer ao Luke.

— Graças a Deus pelos pequenos favores. — Só isso já fazia toda a carreira de roubo de Mel valer a pena.

Krista ignorou o alívio de Mel e continuou falando:

— Mas mesmo se for esse o caso, isso importa? Sabemos exatamente o que ela pode fazer com um Poço que não possui. Ela deve querer este por algum motivo. Eles são muito perigosos para se usar por besteira.

Essa era a verdade. Metade da Sibéria uma vez

explodiu quando uma bruxa bateu em um poço. E, nesse caso, ela possuía o foco. Até onde todos sabiam, aquela mulher não tinha feito nada de errado, mas o poder a rejeitou e explodiu. Três *covens* foram eliminados do planeta em segundos.

Agora que Mel tinha alguns minutos para pensar, sabia o que tinha que fazer.

— Preciso contar ao Luke sobre a Ava. Ele está ficando cego e isso vai ficar complicado. Rápido. — Ela caminhou pelo quarto, colocando as mãos nos bolsos antes de puxá-los de volta e cruzar os braços. Apesar da declaração, ainda se sentia no mar, à deriva.

— E o que você vai fazer quando ele decidir dar a Ava a propriedade em troca da vida de Cassie? Porque você sabe que ela vai prometer isso a ele.

— Ele não faria isso. — A negação saiu dos lábios de Mel antes mesmo que ela pensasse sobre isso de forma consciente.

— Ele não vai salvar a irmã? — Krista revirou os olhos.

— Não, ele faria qualquer coisa para salvá-la. — Mas Mel não achava que Krista estava certa sobre como. — Mas ele é muito inteligente para acreditar na Ava, mesmo sem saber sobre ela. Ela já enfeitiçou a Cassie e está invadindo seu território. Ele seria um tolo se acreditasse no que ela diz.

— Ele confiou em mim e em você. E já fizemos mal a ele — Krista afirmou e se mexeu nos cobertores. — Acho que precisamos pensar em sair daqui antes que a Ava nos encontre.

Essa foi a primeira ideia de Mel, mas agora não tinha tanta certeza.

— Ao menos, precisamos dizer a ele o que um Poço pode fazer.

Krista não estava convencida. Mas ela foi impedida de dizer mais pelo som da porta da frente se fechando e um rugido patético ecoando de uma boca humana.

— Que merda é essa?

Eles deixaram seus aposentos e encontraram quatro leões no saguão, se abraçando e trocando saudações. Mel reconheceu Sinclair, mas o resto eram estranhos.

— O círculo interno — Maya respondeu atrás delas. — Brynne — ela apontou para uma mulher —, Jonas — um homem alto e negro — e Killian. — O último era um homem alto com cabelos loiros. Mel não demonstrou, mas não estava feliz que a leoa tinha se aproximado dela. — Luke os chamou para discutir o assunto. — Ela fez uma pausa antes de acrescentar relutantemente: — Vocês duas podem se juntar a eles, desde que fiquem quietas.

Maya as conduziu até a Sala de Guerra, onde o

resto do círculo interno havia se reunido. Embora alguns lançassem olhares curiosos para Mel e Krista, ninguém se esforçou para se apresentar. Mel encontrou um canto e encostou-se na parede, esperando Luke chegar.

Poucos minutos depois, ele apareceu. Seu rosto estava sério, mas ele acenou com a cabeça e deu um sorrisinho antes de cumprimentar os participantes da reunião. Demorou vários minutos antes que todos se acomodassem o suficiente para começar.

Os leões tomaram seus assentos na confusão de cadeiras que haviam sido colocadas, Mel e Krista ficaram de pé atrás de todos. Ninguém questionou sua presença; ninguém as reconheceu.

Luke chamou a atenção de todos com um forte bater de palmas.

— Temos um problema — disse ele.

Ninguém se moveu, nem respirou. Mel estudou os outros membros da alcateia enquanto Luke falava. Um deles apertou os lábios quando Luke afirmou que a irmã havia sido enfeitiçada. Outra piscou os olhos uma vez, lentamente, quando soube que bruxos estavam de alguma forma envolvidas em toda essa confusão.

Luke expôs a maior parte, deixando de fora Inicio Nunca e a natureza exata de seu relacionamento com Mel. Ele repassou tudo rapidamente. Apesar de todo o perigo em que estavam, a explicação deveria ter levado mais de dez minutos.

Assim que terminou com a história, ele concluiu com:

— Vocês devem saber que a Mel foi a mulher que roubou a Esmeralda Escarlate. — Ele acenou de volta para ela, mas nenhum dos outros leões se virou para olhá-la. — Ela tem meu perdão total.

A declaração não foi surpresa, mas Mel lutou contra a vontade de fechar os olhos e respirar fundo. Isso arranharia sua misteriosa imagem de ladra.

Krista olhou entre os dois por um longo momento antes de revirar os olhos e suspirar. Estranhamente, ela lançou um olhar para Maya antes de levantar a mão e chamar a atenção de Luke.

— Posso falar? — perguntou.

Luke assentiu.

— Achamos que você está sendo alvo de uma bruxa chamada Ava. O Poço que ela procura vai dar a ela um poder quase divino enquanto ela o controlar. Não sei por que ela quer isso agora, mas ela já matou por outros antes. — Krista não incluiu sua história com Ava, nem explicou as coisas horríveis que a mulher tinha feito no passado, mas os outros leões na sala acreditaram em sua palavra.

— Onde fica o território dela? — perguntou

Sinclair. Seus lábios mal eram visíveis sob a barba espessa.

— Ela opera na Costa Leste — disse Mel. — Mas não tem um território oficial.

— Ela existe há muito tempo, mas ninguém sabe exatamente há quanto. Extraoficialmente, ela controla pelo menos quatorze *covens* em seis países, mas a maioria das outras bruxas a deixam em paz. As que ela não fez sofrer — acrescentou Krista.

— Este é o seu *modus operandi*. Ela encontra inimigos ou rivais de alguém e faz um acordo. É simbiótico. O rival suaviza o território, tornando mais fácil para ela intervir e conseguir o que deseja. Depois que ela sai, o rival assume e então ela consegue aliados. A maioria das pessoas nunca percebe que o massacre foi algo mais do que uma simples disputa territorial. — Enquanto Mel falava, quase podia sentir o cheiro do sangue que vazou para o solo naquela noite, há muitos anos. Ela prendeu a respiração lentamente e com os lábios tensos para tentar manter a frieza.

Jonas esfregou a mão na barba escura.

— Se nós não sabíamos sobre isso, como ela sabe? Por que ela não pode simplesmente encontrar um que não esteja em nosso território?

— Os Poços são incrivelmente raros — disse Krista. Mel podia ouvir a frustração em sua voz por precisar explicar algo tão simples. A bruxa não estava acostumada a lidar com metamorfos além de Mel; todos em seu mundo sabiam tudo o que havia para saber sobre magia. — Apenas três foram descobertos nos últimos 100 anos. E quanto a como, ela faz as pessoas estudarem a tradição. Existem feitiços para descobrir essas coisas. Ela é a maior especialista em encontrá-los e não arriscaria entrar em seu território a menos que tenha certeza de que há um Poço aqui.

Brynne olhou para cada um dos leões na sala. Seu cabelo caía em cachos escuros abaixo dos ombros, e ela usava um par de óculos de aros grossos.

— Só vou apresentar a ideia, então ninguém arranque a minha cabeça. — Sua voz tinha um sotaque como se fosse do Oriente Médio, embora fosse quase impossível discernir. — E se dermos o Poço a ela? Podemos dizer que ela pode assumir o poder e ir embora assim que terminar. Sei que não é uma solução ideal, mas evitaria derramamento de sangue.

Luke ergueu a mão e balançou a cabeça.

— Esta é a minha casa. Nossa casa. Não vou deixar ninguém roubar o que é nosso. — Mel decidiu que não seria prudente mencionar que ela já havia roubado o que era dele.

— Ela não aceitaria mesmo se você tentasse. — Mel tinha que apontar isso. Esses leões não tinham ideia do quanto Ava era perigosa. — Se ela achasse que você daria a ela, teria negociado. Na verdade, negociaria em vez de fazer o que fez. Você sabe, sequestrar Cassie, enfeitiçá-la e ameaçar sua vida. No mínimo, ela se juntou a alguns vampiros, presumivelmente as pessoas que ela planeja deixar assumir o controle do território assim que acabar com você. Ela não vai jogar limpo.

Sinclair olhou entre Krista e Mel duas vezes antes de falar, com a voz incrédula.

— Como vocês sabem de tudo isso? Vocês duas têm o quê, vinte e cinco anos?

— Eu confio nelas — disse Luke, seu tom não tolerando resistência.

Seu círculo interno claramente não gostou dessa explicação. Eles se remexeram nas cadeiras e bufaram de desagrado.

— Não, Luke — disse Mel. — Eles não vão confiar em nós se não souberem por que conhecemos a Ava. — E mesmo sabendo que isso tinha que ser feito, Mel levou um momento para se recompor antes de dar a explicação. — Quando eu era criança, a Ava assassinou a minha família porque havia um Poço em nosso território.

Ela estava muito longe para ouvir os gritos quando aconteceu, sua vida só foi salva porque ela estava brincando na floresta antes do jantar.

— Depois disso, fui adotada no clã de Ava.

Krista apertou o antebraço de Mel para oferecer conforto e falou a próxima parte para lhe dar um momento para se recuperar.

— A minha mãe nos tirou do *coven* quando tínhamos 12 anos. Foi tempo suficiente para nós duas descobrirmos exatamente o tipo de mulher que a Ava é. E eu e a Mel juramos acabar com ela.

— Só aceitei o trabalho de roubar do seu bando porque o pagamento nos daria uma chance contra Ava. — Não era um pedido de desculpas, mas ela não via motivo para não dar a explicação.

— Existe uma maneira de salvar minha irmã sem dar o que ela quer? — perguntou Luke. Ele agarrou o encosto da cadeira atrás da qual estava parado e Mel achou que ele estava apenas fazendo isso para evitar atravessar a sala para oferecer conforto a ela. Não sabia se aceitaria ou não. Ela estava no fio da navalha entre gritar e chorar, e apenas a necessidade de permanecer composta na frente dessas pessoas perigosas a mantinha firme.

Krista largou o braço de Mel e olhou para Luke.

— Se a Cassie matar a pessoa que lançou o feitiço, isso pode acabar com ele. Mas ela está fraca agora, e ainda não sabemos qual dos associados de Ava lançou o feitiço.

— Sem ofensa, alfa — disse Maya —, mas não

acho que sua irmã possa matar bruxas tão poderosas quanto Ava.

— A Ava não teria feito o feitiço — disse Krista. — Esse tipo de feitiço é muito arriscado e um dreno quase constante de energia. Mas qualquer aliado dela poderia ter feito.

— Você consegue descobrir quem fez isso? — perguntou Luke.

Krista acenou com a cabeça.

— Posso tentar.

— Então, o que faremos quanto ao Poço?

— Você pode destruí-lo — disse Mel. — Assim que o encontrar. Krista e eu temos o feitiço para fazer isso e ela tem o poder.

Luke assentiu. Ele olhou para Krista.

— Descubra como salvar a minha irmã — disse ele antes de voltar sua atenção para Mel. — Vamos matar essa bruxa.

LUKE SE SENTIU ABORRECIDO por não conseguir consolar Mel depois de ouvir sua história. Mas não era hora nem o lugar para isso, e ela teria se ressentido de sua oferta se ele tivesse sido estúpido o suficiente para fazê-lo.

— Então, como encontraremos o Poço? — perguntou a Krista. Havia uma certa ironia no fato de que as duas mulheres que deixaram a Esmeralda Escarlate cair nas mãos de Ava também eram as únicas que poderiam deixar sua alcateia em segurança.

Krista franziu a testa, provavelmente tentando encontrar uma maneira de explicar como encontrar algo inerentemente mágico para um homem que nunca lançaria um feitiço.

— O Poço em si não é físico. Existem proteções naturais que garantem que ele permaneça invisível a olho nu.

Claro que sim. Luke não conseguiu conter o suspiro, mas não interrompeu a bruxa.

— Mas o Poço terá um efeito na terra — continuou ela. "A vida vegetal ao redor será maior que o normal, árvores com bases enormes, cogumelos como algo saído de Alice no País das Maravilhas, coisas assim. E não haverá nenhum animal por perto. Nem mesmo insetos. Logicamente, deve estar profundamente em seu território se não, Ava e seu povo já o teriam encontrado. Se estivesse no limite, ela já teria aproveitado seu poder e estaríamos todos mortos.

— Você não pode simplesmente fazer um feitiço para encontrá-lo? — perguntou Maya.

Krista balançou a cabeça.

— Nenhum feitiço me levaria diretamente para lá. Os feitiços de Ava lhe deram uma área. Ela pode rastreá-la quando estiver perto. Não há nenhum que me daria as coordenadas do GPS, e mesmo se houvesse, eu teria que ter cuidado. Ava é muito poderosa e qualquer mágica que eu faça corre o risco de ser detectada por ela, não importa as precauções que eu tome.

— Então vamos encontrar essa coisa por meios tradicionais. — Ele se virou para Brynne, Jonas e Killian: — Quero vocês monitorando o bando. Coloque a segurança em alerta máximo e mantenha todos por perto. Quero verificações diárias de todos. Agora não é o momento para férias. Atualizem-me sobre estranhos no território e fiquem de olho nesses bruxos.

— É isso aí — disse Brynne.

— Jonas e Sinclair, vocês dois tomarão a metade norte do território. Mel e eu tomaremos o oeste. — Seus conselheiros não gostaram, mas este era o primeiro passo para facilitar a sua aceitação. Se ela concordasse em ficar.

— Eu tenho uma palavra a dizer sobre isso? — perguntou Mel, com um tom a meio caminho entre divertido e frustrado.

— Ele é o alfa — disse Killian, — E ele deu uma ordem.

A sala ficou em silêncio. Mel se virou para enfrentar Killian. Em dois passos enormes ela estava na frente dele, com as mãos seguras com firmeza ao lado do corpo.

— Este não é meu bando.

Luke esperou antes de falar. Ele protegeria Mel de Killian, de qualquer um que tentasse prejudicá-la, mas não iria miná-la, especialmente neste primeiro choque de autoridade.

Killian mostrou os dentes e o fraco estrondo de um rosnado soou no fundo de sua garganta.

— Você deve respeitar este bando e a autoridade do alfa enquanto permanecer no território — ele exigiu.

Mel se inclinou para trás e toda a tensão aparentemente desapareceu dela. Mas Luke ainda podia ver seu punho cerrado e queria saber o que ela faria a seguir. Ele não achava que ela poderia vencer Killian em uma luta, mas se ela fosse aceitar que era sua companheira alfa, ela precisaria lidar com seu círculo interno sem tirar sangue.

Ela sorriu e inclinou a cabeça para o lado.

— Parece-me que se o alfa tivesse algum problema com o que eu disse, ele me contaria. — Ela se virou e deu a Luke seu sorriso mais brilhante. Era totalmente falso, mas ele ainda estava afetado. — Você tem algum problema comigo, grande e malvado alfa?

Não foi respeitoso. Foi totalmente insubordinado. Mas a tensão evaporou e Luke viu Brynne e Jonas tentando – e falhando – esconder seus sorrisos. Maya nem mesmo tentou reprimir o riso e apenas Sinclair ficou pensativo.

— Cuidem da cidade — Luke disse ao grupo. — Iremos procurar ao anoitecer. — Eles saíram, cada um segurando apertando sua mão antes de sair.

— Eu gostaria de ver a Cassie — disse Krista.

— Claro — Luke concordou. Ele a levou de volta ao quarto de Cassie e percebeu que Mel os seguia. Maya se afastou, mas ele não questionou para onde foi. Ela tinha muito trabalho a fazer sem a interferência dele.

Estavam prestes a subir quando a porta da frente se abriu. Luke pensou que era um membro de seu círculo interno voltando, mas quando um cheiro familiar atingiu suas narinas, ele enrijeceu. Este era o terceiro parceiro, Bob.

O negro alto entrou e fechou a porta atrás de si. Ele sorriu ao ver Krista e ela correu para abraçá-lo. Mel ficou ao lado de Luke e apenas acenou com a cabeça para Bob. Havia muita história entre os três e Luke não sabia a maior parte dela. Ele duvidava que entenderia completamente o drama que acontecia em um bando de ladrões.

Quando Krista saiu do abraço, sorria com esperança nos olhos.

— O que você descobriu?

— É a Ava. — Se Bob tivesse soltado aquela bomba alguns minutos antes, ele poderia ter ganhado um suspiro de choque.

— Nós descobrimos essa parte — disse Mel, completamente recuperada do trauma de ouvir o nome de Ava, ou, pelo menos, capaz de esconder suas emoções agora que algum tempo havia passado.

Bob assentiu.

— Ela está de olho na área nos últimos três anos. Um grupo de vampiros acabou de concordar em ajudá-la. Ela não tem planos de ficar.

Luke passou os últimos oito anos aprendendo o fluxo e refluxo da política sobrenatural local. Ele tinha informantes dedicados em todas as cidades do Colorado com população de mais de 100.000

habitantes, e ainda mais espalhados pelo resto da região. Ele não sabia tudo o que acontecia no mundo sobrenatural, mas estava longe de ser ignorante. O que gerou a pergunta:

— Como você sabe disso? — ele perguntou. O alfa não gostava da ideia de não saber tanto.

Bob encontrou seus olhos e Luke viu uma profundidade de conhecimento muito maior do que um homem de cerca de quarenta anos deveria possuir. Ele se perguntou qual seria a idade real de Bob, embora fosse indelicado perguntar.

— É o que faço — foi a única explicação de Bob.

Krista não se incomodou com essa declaração.

— E alguma coisa para Cassie?

Bob deixou a pergunta se estender entre eles por um momento desconfortável. Ele finalmente falou:

— Se precisar, há um favor que posso pedir. — Depois de uma pausa, ele acrescentou: — Esperemos que não chegue a esse ponto.

— Ela é só uma criança. — Luke disse. E sua irmã ainda. Não havia nada que ele não fizesse, nenhum favor que ele não pedisse, se isso significasse salvá-la.

Bob riu, o som vazio e curto.

— Vocês todos são crianças para mim.

Luke deu um passo à frente. Não seria desafiado em seu próprio território, não de forma tão descarada.

Krista percebeu o perigo e perguntou mais uma vez.

— Você pode me ajudar a rastrear o feitiço?

Bob quebrou o contato visual com Luke para sorrir para Krista.

— Claro. — Os dois foram embora sem se despedir de Mel ou Luke.

— Eu te encontro ao anoitecer — disse Mel. Ela saiu antes que Luke pudesse falar qualquer coisa para impedi-la. Não que ele soubesse o que dizer para impedi-la de partir. Mel era complicada e Luke tinha muito que aprender antes que ela concordasse em ficar ao seu lado.

7

Pela primeira vez em anos, Mel começou a pensar no que faria quando Ava partisse. Sua vida inteira girou em torno de evitar ou destruir aquela mulher. Pelo menos o tanto de sua vida que conseguia se lembrar. Suas memórias pré-Ava eram mais flashes e sonhos do que pensamentos substanciais.

Ela supôs que roubar continuaria sendo seu trabalho. Era boa nisso – muito boa – e a sensação de realização que sentia quando derrotava as salvaguardas cuidadosamente colocadas e recebia sua recompensa era melhor do que qualquer coisa que já experimentou.

Mas quando tudo isso acabasse, não precisaria ficar de olho em Ava. Não haveria motivo para olhar por cima do ombro quando visitasse a costa leste. Ela não seria mais aquela garota selvagem e estranha que cresceu entre bruxos.

Estaria livre.

Se sobrevivesse.

Caminhar ao longo da linha das árvores não muito longe da casa foi diferente da corrida de antes. Agora era capaz de caminhar e organizar seus pensamentos, embora não gostasse da companhia. Demorou alguns momentos para perceber que havia alguém perto, e outro minuto depois disso para determinar que ele a estava seguindo. E era óbvio que não era Luke.

Nem Krista, nem Bob estavam com vontade de ir atrás dela. Mas não os culpava. Também mal podia esperar para que tudo isso acabasse. Supôs que seguiriam caminhos separados quando isso acabasse. Afinal, eles ainda estavam magoados com a traição de Mel e não era como se ela não merecesse.

Sentiria falta deles.

No momento, não tinha tempo para chafurdar. Segurou um galho de árvore baixo e se ergueu, efetivamente desaparecendo do chão. O garoto veio correndo atrás dela, uma escolha idiota. Ela realmente precisava falar com Luke sobre como ele treinava os jovens de sua alcateia. Se não começasse a treiná-los melhor, iriam derrubá-lo.

Quando o menino loiro estava bem debaixo dos

seus pés, Mel mergulhou no chão, agarrando-o com um movimento rápido e segurou sua garganta com as duas mãos. Os dois sabiam que ela poderia se mover a qualquer momento e acabar com ele para sempre.

Mel o reconheceu. Era o mesmo que Cassie nocauteou na noite da fuga de Mel. A noite em que tudo deu errado.

Mick.

— Luke te mandou? — ela perguntou. — Não preciso de um guarda.

Mick cuspiu, suas bochechas ficaram rosadas e seus olhos úmidos, que ele estava bravamente tentando não se transformar em lágrimas.

— Não! — ele insistiu.

— Então por que você estava me seguindo? — De todas as coisas que Mel mais odiava no mundo, ser espionada estava perto do topo.

— Eu não estava. — Ele tentou sacudir a cabeça, mas ela segurou seu pescoço com muita força para que ele pudesse fazer mais do que empurrar.

Mel acreditava que Luke não o havia enviado. Sabia que não era tão simples no segundo em que fez a pergunta. Mas não acreditou por um momento que esse garoto não estava espionando *algo*.

Ela ergueu uma sobrancelha. Homens menores costumavam desistir em menos de cinco segundos quando submetidos a esse olhar. Para crédito de Mick, ele durou sete antes de se inclinar, deixar os ombros caírem e baixar os olhos.

— Vi o círculo interno entrar. Eu só queria saber o que eles estavam fazendo.

E não cabia a Mel esclarecer a ele. Mesmo que coubesse, ela não o faria. Eles não precisavam de um adolescente curioso com tendência a atrapalhar seus planos.

Bem, não precisavam de *outro* adolescente assim.

— Tenho certeza de que Luke vai responder se você tiver perguntas. — Isso parecia certo. Luke era incrivelmente razoável, embora ela duvidasse que ele contaria a esse garoto tudo o que estava para acontecer. Mas dada a maneira como seu rosto empalideceu quando ela sugeriu isso, Mel percebeu que havia algumas coisas sobre a política da alcateia que talvez nunca entendesse.

— Por favor, não diga a ele que eu estava aqui! — Mick implorou.

Mel não tinha motivos para ser caridosa. Sabia que Mick era o único vigiando-a na noite em que ela escapou. Foi ele que Cassie drogou antes de implorar a Mel para ajudá-la a iniciar sua habilidade de se transformar. Mick devia ter sentido o calor de sua falha em guardar Mel ou proteger Cassie. Talvez esse fosse um bom motivo para evitar o alfa por enquanto.

— Se não quer que ele saiba que você está aqui, então não venha para cá. — Ela balançou os dedos para frente e para trás, enxotando-o.

Mick não ficou para mais conversa. Correu de volta para a floresta, desaparecendo de vista muito antes do som de seus passos sumirem.

Mel encostou-se a uma árvore por alguns minutos antes de decidir voltar para casa. O garoto havia estragado seu humor.

Mel encontrou um livro para se distrair assim que voltou para casa. Krista e Bob ainda estavam enfurnados com Cassie, e ela não via Luke nem Maya havia horas. A casa estava estranhamente silenciosa. Certamente havia meia dúzia de pessoas ou mais andando por aí, mas em seu quarto ela estava tão enclausurada quanto um monge.

Quando Luke abriu a porta do quarto e colocou a

cabeça para dentro, ela quase gritou. Foi instintivo enfiar o livro debaixo das cobertas para ele não ver o título. Ava não a deixava ler, e Tina achava que era mais importante terminar os trabalhos escolares do que se distrair com romances sem valor.

— Hum — foi tudo que Luke disse enquanto ela se debatia. Ele não fez nenhum esforço para tirar o livro dela. Enquanto estava na porta, um halo se formou pela luz, o que o deixou parecido com um anjo. Um anjo sombrio e sexy. Ou talvez um demônio que conhecesse seus ângulos.

— O que foi? — Mel perguntou, sabendo que não havia como parecer calma depois disso. Tentou fingir que ele não a tinha assustado, sua pose enganosamente relaxada.

Luke parecia se esforçar para encontrar palavras. Mas ele não a deixou esperando por muito tempo.

— Acho que não imaginei você lendo.

Foi um pouco insultante essa declaração. Mel tinha viajado o mundo, falava duas línguas e poderia até compreender um pouco de outras três.

— Você achou que eu escolheria um cadeado para me divertir ou algo assim? — Ela quis dizer isso como uma piada.

— Bem, quando você diz assim, soa ofensivo. — Ele não teve a graça de parecer desconcertado.

Mel soltou uma risadinha.

— São como os cubos de Rubik — disse ela.

— O quê? — Luke não entendeu.

— Fechaduras simples — explicou ela. — São como os cubos de Rubik. Depois que você conhece o truque, nenhum deles é difícil de decifrar. — Ela ergueu as mãos à sua frente e as torceu, simulando a solução do quebra-cabeça. — Pode ser reconfortante, mas não muito envolvente.

Mas Luke ainda estava preso nos cubos.

— Existe um truque para os Cubos de Rubik? Passei o verão todo quando tinha quatorze anos tentando resolver um.

Ela não perguntou se ele teve sucesso; a frustração em suas palavras foi a resposta suficiente.

— Sim, há um truque.

— Por mais que eu adoraria que você me ensinasse — e desta vez ela achou que ele estava sendo sincero —, temos que ir. Está escuro lá fora.

Mel se levantou da cama e deixou o livro embaixo das cobertas. Krista não olharia se não visse.

— Estou pronta.

Ele esperou por um momento para ela calçar os sapatos e depois saíram. Mel achou que eles iriam diretamente para a floresta, mas Luke a levou até a garagem. Ele passou por todos os carros e escolheu um quadriciclo de dois lugares. Havia dois separados, um para duas pessoas sentadas lado a lado, o outro para uma na frente da outra.

Luke escolheu o último. Mel precisaria segurá-lo durante o passeio.

— Não seria mais rápido correr? — Ela não se opunha a ficarem tão próximos, mas eles tinham um trabalho a fazer.

— Se não precisávamos conversar enquanto trabalhamos, então sim.

Mel não estava acostumada a fazer pesquisas com um parceiro. O trabalho que ela fazia com Krista e Bob era compartimentado. Quando ia vigiar algo, nunca precisou compartilhar suas observações.

Mas ela subiu atrás de Luke com um sorriso. Este era um ajuste que ela estava mais do que disposta a fazer.

— E tenho certeza de que você pegou este porque é melhor de dirigir? — ela perguntou, provocando.

A voz de Luke estava cheia de sarcasmo.

— Claro.

Ele abriu a garagem e saíram mais rápido do que Mel esperava. Ela se inclinou, com toda a frente do corpo pressionada com força contra as costas dele enquanto ela se agarrava e se segurava.

Sim, gostou muito de sua escolha.

Podia sentir cada centímetro dele pressionado

contra si, do umbigo à clavícula. Cada solavanco na estrada era uma doce tortura. Mel lembrou-se da sensação dos lábios dele nos seus, do corpo dele pressionado contra o seu naquela dança erótica em que eles se envolveram. Ela mal podia esperar para tomá-lo.

— Não é assim que achei que teria minhas pernas ao seu redor — ela falou contra seu ouvido, acariciando a carne com os lábios.

— Cacete. — Pelo som de sua voz, ela podia imaginá-lo segurando o guidão com força. — Agora você decide flertar.

Mel apertou seu domínio sobre ele, sentindo o abdômen se contrair sob suas mãos.

— O que mais vamos fazer? — Ela lambeu a parte externa de sua orelha.

— Vou quebrar essa merda se você continuar assim. — Havia um desafio em suas palavras, e Mel não achava que ele queria que ela parasse. Ela estava se divertindo muito para ser dissuadida pela ideia de um naufrágio em chamas.

Manteve uma mão apoiada ao redor do peito de Luke e deixou a outra explorar, traçando os gominhos de seu abdômen através da camisa.

Luke cobriu aquela mão, segurando-a antes que ela pudesse distraí-lo ainda mais.

— A menos que encontremos o Poço na próxima

hora, o que você acha de voltar para o meu quarto e esquecer nossos problemas durante a noite?

Mel achou que ele nunca perguntaria.

— Com certeza é uma opção melhor que o chão da floresta.

Mas ele não ficou satisfeito.

— Isso é um sim?

Ela beijou seu pescoço novamente, embora apenas com um beijo rápido.

— O que você acha? — A proposta dele a deixou mais motivada do que nunca para fazer o trabalho de maneira adequada. Eles estavam indo no caminho do sexo por muito tempo. Talvez isso a fizesse superar e afastar todos os pensamentos de companheiros, um futuro e toda essa merda.

Mesmo enquanto ela entretinha o pensamento, sabia que estava louca. Luke não era o tipo de homem que uma garota conseguia esquecer. E não havia como superá-lo. Uma vez que eles estivessem juntos - realmente, verdadeiramente juntos - não haveria nada que a impedisse de se apaixonar completamente.

Ela nunca tinha se apaixonado antes.

Era isso o que estava sentindo? Não era apenas luxúria. Luxúria ela entendia Mas esse desejo de falar com ele, de compartilhar seus pensamentos e conhecer sua mente. A pontada surda que ela sentia quando estava longe dele. E o mais assustador de tudo, a certeza que sentia em seu coração de que com ele poderia derrotar Ava, derrotar qualquer inimigo que cruzasse seu caminho.

O amor poderia torná-la tão forte?

Colocou seu terror em espera quando eles pararam, estacionando próximo a uma árvore particularmente alta. Mel desceu, levando um segundo a mais para desfrutar da sensação das mãos contra o peito dele antes de afastá-las.

Deu uma boa olhada na floresta ao redor. Nada parecia estranho ou fora do lugar. Os sons de animais à distância eram audíveis, embora eles tivessem assustado a maior parte dos que viviam perto do caminho com o som do quadriciclo.

— Acho que é melhor fazer nossa divisão em um grande círculo e ver se algo parece suspeito. — Ela não queria rastrear cada centímetro da floresta se não precisassem.

— Suspeito?

Mel deu de ombros.

— Sangue caindo do céu? Merdas mágicas estranhas. Você sabe. — Krista havia detalhado tudo e não tinha dúvidas de que Luke se lembrava da maior parte.

Eles seguiram por entre duas árvores. Não era bem um caminho, mas se esforçaram, caminhando lado a lado quando podiam e em fila indiana quando a floresta os obrigava. Luke ergueu um tronco meio caído para deixá-la passar antes de começar a falar.

Manteve a voz baixa, pouco acima do som da floresta ao redor.

— Sabe o que eu gostaria de poder fazer?

— O quê? — Ela entenderia se ele quisesse alguma magia para assar Ava viva pelo que ela estava fazendo por Cassie. Houve muitas vezes na vida de Mel em que ela desejou a mesma coisa.

— Ligar para os meus pais e pedir conselhos. — Ele falou como se fosse um segredo vergonhoso. Como se a ideia de pedir ajuda fosse uma abominação.

— Por que você não liga? — Isso não era algo que Mel pudesse fazer. Por mais cruel que parecesse, houve muitas vezes em que Mel não sentia falta de seus pais ou de sua família. Quando estava trabalhando, comendo uma refeição particularmente boa, brigava ou transava. E mesmo quando sentia falta deles, nunca pensava nas coisas que ela poderia ter contado com eles agora se ainda estivessem vivos.

Luke deixou escapar um som vazio que poderia ter sido uma risada.

— Com a Cassie machucada? — Ele balançou a cabeça. A floresta se estreitou diante deles e ele deixou Mel ir em frente. — Posso ser o alfa, mas duvido que isso impediria minha mãe de atravessar o estado e queimar tudo até que ela resgatasse seus preciosos bebês.

Um pouco de raiva justificada pode ser útil.

— Há coisas piores que ela poderia fazer — Mel raciocinou. — Mas por que você não pode simplesmente dizer a eles que você tem tudo sob controle? — Mesmo que isso não fosse exatamente verdade. — Eles não confiam em você?

Era aqui que Mel ficava presa ao negócio dos pais. Mesmo que Tina a tivesse resgatado, ela nunca tentou ser sua mãe. Mel não conseguia imaginar alguém aparecer correndo, disparando armas em proteção altruísta.

Mas Luke não pareceu entender sua pergunta. Ele gaguejou um pouco, seus sons tentando formar uma pergunta que ela não conseguia decifrar. Finalmente, ele organizou seus pensamentos.

— Não se trata de confiança — explicou ele. — Cassie e eu somos seus filhos.

Mel deu de ombros.

— A mãe da Krista nos deixaria cuidar de tudo sozinhas.

— Ela não treinou vocês duas para serem ladras sem lei?

— Todos os ladrões não são sem lei? Espere... — Mel parou onde estava. Ela pensou ter visto algo sob uma grande pedra um pouco fora do caminho. Ela passou por cima de várias árvores e se ajoelhou ao lado da vegetação rasteira.

— O que foi? — Luke não o seguiu. Ele confiava nela para investigar.

Mel se levantou e balançou a cabeça. Ela voltou para ele.

— Pensei ter visto algo, mas acho que não era nada.

— Droga.

— Sim.

Mel não queria encerrar a conversa. Ela sentia que estava aprendendo muito sobre esse homem.

— Então você tem um bom relacionamento com seus pais?

— Acho que sim. Mas Scott não é um alfa, e minha mãe não o é há mais de vinte anos. Eles nem sempre percebem o peso que tenho em meus ombros.

— Isso parece... — Ela não conseguiu terminar o pensamento.

Um grito soou na floresta, fazendo Luke e Mel correrem em sua direção.

Sem hesitar, Luke correu em direção ao grito, e Mel não estava muito atrás dele. Ele reconheceu os gritos como um dos membros de sua alcateia, mesmo que não tivesse certeza de quem. A floresta ficou turva ao seu redor enquanto ele saltava sobre as árvores caídas e contornava as obstruções no caminho.

Se parasse para pensar em como estava se movendo, ele tropeçaria, mas esta não era a primeira corrida de Luke. Depois de um minuto, ele chegou a uma pequena clareira, com pouco mais de um metro e oitenta de largura.

Um vampiro segurava Mick perto, com as presas enterradas na garganta do jovem.

Luke se lançou contra a criatura, soltando um rugido enquanto avançava. Se Mick fosse humano, Luke nunca teria tentado. Era um movimento muito perigoso para alguém sem a constituição vigorosa de um metamorfo.

Os dois caíram sob o peso de Luke e o vampiro largou Mick, voltando sua atenção para o novo agressor. Luke rosnou para ele, mostrando as próprias presas para a besta pálida.

O vampiro deveria parecer humano. Eles não tinham uma segunda forma, sua única característica sobrenatural eram as longas presas. Mas este vampiro estava no meio de uma fúria enlouquecida de fome. Seus olhos estavam vidrados e injetados, a boca congelada em um silvo deixando as presas à mostra.

Luke se moveu, empurrando para o lado e mantendo os olhos da criatura nele. Ele poderia dizer que Mel estava tentando tirar Mick do caminho e colocá-lo em segurança. Não queria correr o risco de qualquer um deles ser vítima desta besta.

Os olhos do vampiro ficaram grudados nele, e quando ele se lançou para frente, Luke se esquivou, empurrando-o para o lado e observando-o tombar. O vampiro rolou uma vez antes de voltar a ficar de pé com um pequeno salto. Teria sido impressionante se não estivessem travados em combate.

Mas o vampiro ainda não estava firme em seus pés e Luke aproveitou a vantagem, avançando e esmurrando-o. Se estivesse em sua outra forma, o vampiro teria sido feito em pedaços por suas garras. Do jeito que estava, não teve tempo de se transformar, em vez disso, usou sua força inata para infligir o máximo de dor que pudesse.

Luke deu alguns bons golpes antes que o vampiro resistisse, desequilibrando-o e jogando-o para o lado. Em outro momento, o vampiro poderia ter ido para a morte, mas este sabia que estava em menor número. Ele se virou e correu, indo para o fundo da floresta, para longe da casa de Luke e do caminho de onde ele e Mel tinham vindo.

Se não fosse pelo ferimento de Mick, Luke teria saído em perseguição. Mas o vampiro poderia ter amigos esperando e ele não cairia em uma emboscada.

Mel passou um lenço no pescoço de Mick. Ela não era particularmente gentil e ele estremecia cada vez que ela fazia contato com seus cortes.

— Você está bem? — Luke perguntou.

Mick estremeceu novamente e se afastou de Mel, arrancando o lenço de suas mãos.

— Você é pior do que aquele maldito sugador de sangue.

— O que você está fazendo aqui? — ela perguntou em um tom que beirava a acusação.

Embora Luke não estivesse feliz com a presença do garoto, ele não entendeu o escrutínio. Esta era a terra da alcateia e os membros eram livres para vagar à vontade com muito poucas exceções. Mick estava mal por não ter conseguido proteger Cassie, mas até ele tinha permissão para caminhadas periódicas.

Mick se defendeu antes que Luke pudesse dizer qualquer coisa.

— Eu já te disse que não estava espionando!

Mesmo que Luke fosse um homem estúpido, isso teria soado o alarme.

— Eu não sabia que vocês dois tinham conversado. — As feridas do menino já estavam sarando e a paciência de Luke estava se esgotando. Embora Mick pudesse estar nesta parte do território, era estranho que ele estivesse aqui agora.

Então, por que Mel não lhe contou nada sobre a espionagem de Mick?

— Ele estava espreitando fora de casa hoje cedo.

— Eu estava andando. Não espreitava nada. — E agora o tom indignado de um adolescente sendo ignorado impregnava suas palavras. Ele admitiria qualquer coisa em poucos segundos, desde que acreditassem nele.

— Por que você estava parado aí? — Luke perguntou. — E o que você estava fazendo aqui agora?

Mick deu de ombros, estremecendo.

— Só curiosidade. As coisas ficaram paralisadas nas últimas semanas e os caras queriam saber o que está acontecendo. Todos nós queremos saber.

Luke não gostou, mas Mick tinha razão. Ele estava mantendo as coisas com base na necessidade de saber quando se tratava de Mel e o que estava acontecendo com Cassie. Seu círculo interno sabia, mas os outros metamorfos pelos quais ele era responsável não tinham ideia.

E tinha que manter assim por enquanto.

Quando isso acabasse, contaria tudo, mas até então precisava mantê-los seguros. Se a escolha fosse entre isso e satisfazer a curiosidade de garotos ociosos, ele sempre escolheria a segurança.

— Você está um pouco escondido na floresta para se tratar de curiosidade — disse Luke. — E se você ou seus amigos desejam saber o que está acontecendo, perguntem. Não se espia e sai correndo. Você é quase um adulto. Aja como tal se quiser ter responsabilidade neste bando. Você ainda está muito longe de provar a si mesmo.

Mick gaguejou, mas não conseguiu completar uma frase inteira.

— Vamos voltar. — Luke não teve tempo de dar ao garoto um sermão completo, não no meio da floresta, não quando ele havia acabado de assustar um vampiro.

— Eu posso ir para casa sozinho — disse Mick.

Mel bufou uma risada.

— Porque aquele vampiro não conseguiu rastrear seu traseiro e te comer vivo no segundo em que ficarmos fora de vista, certo?

— Eu posso lutar com um vampiro estúpido!

Luke balançou a cabeça. Normalmente, Mick era o mais sensato entre seus amigos. Ele nunca teve esses problemas com o garoto antes. Mas todo adolescente agia de forma rebelde uma vez ou outra.

— A Mel está certa — disse ele. — Não quero que você seja capturado ou morto.

— Você está confiando na merda de uma ladra ao invés de um membro de sua própria alcateia? — Mick fez uma careta e jogou o pano em seu pescoço no chão. Seu ferimento havia fechado, embora a pele parecesse fina, sensível e de um vermelho vivo.

Luke rosnou, o som emanando do fundo de sua garganta.

— Ela está...

— Certa — Mel terminou antes que Luke pudesse dizer qualquer coisa condenatória. — E você está sendo burro. — Ela se levantou e teve a audácia de bagunçar o cabelo castanho claro de Mick. — Agora levante-se daí ou vou te arrastar de volta.

Ela se virou e voltou pelo caminho que ela e Luke tinham vindo, deixando os homens a seguirem. Depois de cerca de três segundos e um olhar confuso e compartilhado, eles o fizeram.

8

Levar Mick para casa acabou sendo um problema logístico. Mas Mel acabou dirigindo o quadriciclo com Luke correndo na frente, levando-a para a cidade. A cerca de um quarteirão da casa de Mick, o adolescente fez sinal para Mel parar o veículo.

— Posso fazer o resto do caminho sozinho.

Ela e Luke trocaram um olhar, mas deixaram o garoto ir. Ele estava mais ou menos seguro agora. Ela voltou para o banco do passageiro para que Luke pudesse levá-los de volta para casa. O alfa conhecia o caminho melhor do que ela.

Mas Luke não estava pronto para voltar ainda.

— Está com fome? — ele perguntou.

Agora que ele mencionou, seu estômago roncou.

— Morrendo.

— Vamos comer alguma coisa antes de voltarmos.

— Ele não esperou que ela concordasse. Em vez disso, os levou pela estrada até chegarem à rua principal de Eagle Creek. Parou no estacionamento do Eagle Creek Bar & Grille e saiu, oferecendo-lhe a mão.

Mel ouviu a risada de uma mulher cortada abruptamente quando a porta do restaurante se fechou, deixando-os sozinhos no estacionamento. Ela hesitou.

— Está tudo bem se você quiser apenas entrar e pegar algo. — Seus companheiros de alcateia estariam lá, aqueles que não tinham ideia de que ela existia. E eles se perguntassem quem ela era e por que estava com Luke? Isso complicaria as coisas.

— Por quê? — A porta de um carro se abriu perto deles e as pessoas saíram. Luke olhou e acenou com a cabeça. O homem e a mulher eram dois outros membros de seu bando. Ele olhou para ela, esperando por uma resposta.

— Bem — tentar dizer em voz alta parecia estranho —, as pessoas vão nos ver juntos.

Luke ergueu uma sobrancelha.

— Vão, sim.

Ele não pareceu entender.

— E você terá perguntas para responder. Sobre quem sou, ou o que sou. — Ele não entendia? Ou não se importava?

— Eu sou o alfa — ele disse isso com tanta autoridade que um arrepio percorreu sua espinha. — Só respondo às perguntas que desejo responder.

Mel persistiu:

— Não quero tornar as coisas difíceis para você. Bem, mais difíceis.

Luke riu:

— Você não fez nada além de dificultar minha vida. — Apesar das palavras, ela sabia que não era uma crítica. — Por que parar agora?

Ela fechou o punho e deu um soco de leve no braço dele.

— Idiota. — Ela sorria enquanto falava e desistia da discussão. Se ele a queria ao seu lado, ela o acompanharia.

O Eagle Creek Bar & Grille não havia mudado muito desde que Mel, Krista e Bob se sentaram nele algumas semanas antes de tramar como roubar a Esmeralda Escarlate de Luke. A única diferença agora era a clientela. O lugar estava longe de estar lotado, e quase todos dentro eram metamorfos.

Luke acenou para a recepcionista, mas não esperou para se sentar. Ele levou Mel para uma mesa no canto de trás de uma seção fechada do restaurante. Ninguém tentou impedi-lo de se acomodar ali. Ele puxou uma cadeira para que ela ficasse de costas para a parede e se sentou ao seu lado. Precisariam falar baixinho para evitar serem ouvidos. A audição de metamorfos era muito superior à de um humano.

Eles nem precisaram fazer o pedido. Três minutos depois de se sentarem, uma garçonete colocou duas cervejas na mesa, junto com cheeseburgers e batatas fritas.

— Adiantamos o pedido. Tudo bem para vocês?

Mel teria ficado chateada se tivesse que esperar muito pela comida só porque o alfa apareceu. Mas ninguém mais parecia se importar. Luke sorriu e agradeceu, deixando-a saber que a chamariam se precisassem de mais alguma coisa.

— É bom ser o rei — brincou Mel.

Luke deu uma grande mordida no sanduíche e engoliu antes de responder.

— Não forço nada dessa merda. O velho alfa era um tirano. Faço o meu melhor para ser justo.

— É por isso que você assumiu?

— Se alguém perguntar, sim. — Seu tom não convidava a mais questionamentos, embora Mel agora estivesse morrendo de vontade de saber. Talvez Luke tivesse uma tendência impulsiva que não conseguia suprimir.

— Você gosta de ser o alfa? — Ela nunca tinha falado com ninguém por muito tempo antes de conhecer Luke, e agora que o tinha para si, as perguntas continuavam vindo.

— A maior parte do tempo.

Mas provavelmente não quando uma bruxa psicopata estava tentando roubar suas terras e matar sua irmã. Mel pensou que ninguém gostaria de ser um alfa nessas circunstâncias.

— Estive me perguntando uma coisa. — Luke relaxou ao perguntar.

Havia uma centena de coisas que ele poderia querer saber.

— Sim?

— As coisas parecem tensas entre você e seus parceiros

Não era uma pergunta, mas Mel entendeu da mesma forma.

— Sim. — Este era um assunto delicado, algo que ela não tinha chegado a um acordo totalmente consigo mesma.

— Eles não queriam estar aqui?

Claro que ele não tinha ideia de porque as coisas eram do jeito que eram. E por mais que Mel quisesse que ele gostasse dela, não iria deixá-lo pensar que o problema era algo simples.

— Não — ela respondeu, — A tensão é culpa minha.

— Ah, como... — ele se interrompeu. — Você não precisa me dizer.

— Acho que eu quero. — Só quando disse isso é que percebeu o quanto essa afirmação era verdadeira.

— Mesmo? — Por seu ceticismo, Mel duvidava que ela parecesse o tipo de pessoa que compartilharia seus fracassos com facilidade. Mas hoje parecia o dia para se abrir com ele.

— Você provavelmente não vai gostar — avisou. Ela não gostava e foi ela quem vivenciou isso.

— Me teste. — Luke tomou um gole da cerveja e manteve a postura casual. Mas a tensão pairava no ar entre eles. Ele estava tão nervoso para ouvir sua história quanto ela para contá-la.

— Estou apenas dando um aviso justo. Eu sei que estivemos... — Como ela poderia dizer isso? Ela não entendia muito bem o relacionamento deles. — Flertando — ela decidiu. — Mas você pode terminar quando eu terminar de falar.

Luke ergueu a mão dela da mesa e levou-a aos lábios. Por três segundos, o restaurante ficou completamente silencioso enquanto aqueles que os observavam registravam o que ele havia feito. O beijo foi casto, não deveria valer a pena notar, mas era uma declaração pública ou intenção romântica do alfa.

— Duvido — disse ele como uma promessa.

Mel levou um segundo para colocar suas emoções

sob controle. Ele não deveria fazê-la se sentir assim, ansiosa, pronta para correr porta afora ou se jogar em seus braços, com sentimentos que mudavam a cada segundo. Estava com medo de contar a Luke; isso era algo em que ela podia se agarrar. Era a única coisa familiar na confusão de suas emoções.

Sabia como lidar com o medo. Mel o abraçou, deixando-o penetrar nela e mantê-la ligada. Ela usava o medo para torná-la forte e permitir que ela contasse a Luke sua maior vergonha.

— Aconteceu em Cincinnati, há dois anos. — Manteve a voz baixa, ciente de que estavam em uma sala cheia de pessoas com audição extraordinária. Luke era o único que deveria ouvir essa história, não seu bando. — Estávamos em um grande trabalho, quase uma dúzia de pessoas se juntaram para roubar uma luva que valia muito dinheiro.

Luke apenas assentiu. Ao contrário de antes, quando ela mencionou sua carreira, desta vez ele não reclamou. Estavam fazendo progresso. Se ao menos o roubo fosse a pior parte desta história.

— Eu me entrosei com outro ladrão chamado Chance. Ele é humano, quase tão bom quanto eu. Mas ele geralmente não faz trabalhos sobrenaturais. — Ela omitiu que ele era fofo, engraçado e a tratava bem. O resto da história já era ruim o suficiente. — Algo deu errado no final do trabalho. Chance e eu pegamos a luva e estávamos no carro, livres. E eu estraguei tudo com a Krista e o Bob. — Ela ainda se lembrava da aparência das luzes brilhantes da cidade naquela noite, como elas brilhavam em um vermelho sinistro na névoa.

— Você não parece o tipo que trai seus amigos tão facilmente. — Quando ela não olhou para ele, Luke apertou sua mão, oferecendo conforto.

Mel afastou a mão.

— Não tente encontrar o que há de bom em mim. Eu estraguei tudo. — E se ele ainda não acreditasse, acreditou: — Você se lembra das abotoaduras que lhe dei no México? — ela perguntou.

Luke assentiu.

Tinham um feitiço para interagir com um anel que ela usava. Se ele transformasse o diamante em gema verde, significava que estava saindo, se ativasse a gema vermelha, significava que precisava de ajuda.

— No carro, meu anel começou a queimar. A gema vermelha estava brilhando. Krista ativou o feitiço. — Mel ainda se lembrava do pânico que sentiu naquela noite. Ela mal conseguia respirar. — Eu disse ao Chance que precisávamos voltar e pegá-los. Mas ele me convenceu de que não poderíamos. E eu o deixei me convencer. Tínhamos a luva, estaríamos seguros. Se voltássemos, poderíamos ser facilmente apanhados ou perder o objeto do roubo. Cinco minutos depois que ela ativou o feitiço, ele se apagou.

— Você saiu do alcance? — Sua postura não estava mais relaxada e os poucos centímetros de espaço entre eles parecia um metro.

Mel balançou a cabeça.

— Não há um raio alcance, não funciona como telefones celulares. A única razão pela qual eles param de funcionar é se forem desativados ou o usuário morrer. Assim que senti isso, soube que era tarde. Se eu tivesse sinalizado de volta, ou se tivéssemos voltado, talvez eu pudesse ter impedido o que quer que tenha acontecido com eles.

— Mas eles não estão mortos.

— Eu não sabia disso há seis meses. — Ela pulou o que aconteceu o resto daquela noite, não era importante. — Na manhã seguinte, Chance se foi e levou a luva. Todos menos eu, Krista, Bob e Chance foram capturados ou morreram naquele trabalho. Não sei se ele organizou isso ou se teve apenas sorte. Mas ele recebeu todo o dinheiro e não o vi desde então. Acho que agora está operando em Miami.

Ela pegou a cerveja e tomou um longo gole. Embora parecesse estar contando a história há horas, a garrafa ainda estava fria. Ela não conseguia nem olhar para Luke. Ela nunca disse o que tinha feito em voz alta antes e agora não sabia como ele seria capaz de vê-la como outra coisa senão uma traidora. Alguém inútil.

— Então você não tentou ver se eles estavam vivos quando você estava em segurança? — ele perguntou. Seu tom era inexpressivo, ela não sabia se ele estava com raiva ou enojado.

— Eu não poderia voltar para Cincinnati. Voltar para a cena de seus crimes é como se é pego. — No entanto, aqui estava ela, sentada com o homem de quem tinha roubado, no mesmo restaurante onde planejou o roubo.

— Você voltou para ajudar a Cassie — disse ele calmamente.

— Voltei para pegar a pedra de vidência. — Por que ele não via o quanto ela havia sido ruim? Por que estava tentando absolvê-la?

— Mas você voltou e nos contou sobre o feitiço. — Luke segurou a mão dela novamente e esperou até que ela olhasse para ele. — Mel, todos nós já fizemos coisas erradas. Mas não acredito por um único segundo que você faria isso de novo.

Isso era muito íntimo. Nesta sala cheia de pessoas, era como se fossem os únicos ali. Mel sentiu as lágrimas se formarem seus olhos, mas fez o possível para contê-las.

— Obrigada pelo voto de confiança. — Ela se

agarrou ao sarcasmo, que era a única coisa que evitava uma demonstração de emoção muito constrangedora. — Se ao menos a Krista pudesse ver assim. — Bob a perdoou tanto quanto estava disposto a fazer. Eles nunca seriam amigos novamente, mas ele trabalharia com ela.

— Você se desculpou com ela?

— Como deveria fazer isso? Me desculpe por ter escolhido um idiota em vez de você? Me desculpe por ter deixado você para morrer? É um pouco tarde demais. — Ela queria avisar Luke agora, dizer que o trairia um dia, que não sabia como agir diferente, mas não conseguia fazer as palavras saírem. Este era o seu aviso. Se ele ainda a queria depois disso, ele era louco.

Mas Luke não se afastou e não largou a sua mão.

— Eu confio em você, Mel. — Ele disse isso com a sinceridade de outra confissão, que ela estava com medo de ouvir. — Sejamos companheiros ou não, não importa como isso tudo acabe, eu confio em você. E sei que você não vai nos trair.

Mel não sabia se era confiável, mas sua fé a fez ter esperanças de que isso não daria errado. Ele merecia muito mais do que ela, e ela não entendia por que ele não conseguia perceber.

— Ah, merda, se você continuar confiando em mim, provavelmente vou roubá-lo às cegas. — Ela quis dizer isso como um aviso, mas não pode deixar de sorrir.

Os dois sabiam que ela estava mentindo.

Luke colocou o braço em volta dela e puxou-a para perto.

— O que você quiser... — Ele não terminou a oferta, mas ela entendeu.

Tudo que precisava fazer era estender a mão e ele seria seu. Mas Mel ainda não tinha certeza de que poderia confiar em si mesma o suficiente para pegá-lo.

Eles se afastaram de tópicos pesados e terminaram a comida. Luke dirigiu o quadriciclo de volta para casa com Mel agarrada atrás dele. Mas desta vez ela manteve um pouco de distância. Ele podia sentir na rigidez de seu abraço e no fato de que ela não estava dizendo nada enquanto eles seguiam pelo caminho acidentado através da floresta.

O que ela contou foi uma coisa terrível. Isso era o

suficiente para que ele rompesse o relacionamento entre eles. Sabia que ela não o culparia por ir embora. Mas ele estava muito apaixonado e se apaixonando ainda mais. Não queria se afastar dela.

Mel pensou que sua história demonstrava que ela não era digna de confiança, em vez disso, ele só viu o quanto ela havia crescido.

Ela não estava se afastando de seu bando em um momento de necessidade, embora ele tivesse lhe dado o que ela veio buscar. Não podia alegar conhecê-la por completo, mas entendia que ela havia mudado. Ela não abandonaria seu povo uma segunda vez, e agora, ela o incluía nisso.

Agora, tudo o que ele precisava era descobrir como fazê-la ficar.

O plano de voltar para o quarto foi interrompido no momento em que entraram na garagem. Luke cerrou os dentes e desejou ter levado Mel para outro lugar onde pudessem ficar longe da responsabilidade por uma noite. Caramba, mesmo por algumas horas.

Mas Maya estava esperando para falar e ele não podia ignorá-la.

Ele puxou Mel para perto antes que ela pudesse se afastar.

— Venha até mim esta noite — era meio ordem, meio pedido. Ela roçou os lábios rapidamente contra os dele antes de se afastar e entrar sozinha. O alfa interpretaria isso como um sim.

Ele e Maya seguiram Mel para dentro de casa, embora não tivessem começado a conversar até estarem na Sala de Guerra.

— Isso está acontecendo? — perguntou Maya.

— O quê? — Ele não gostou do tom que ela usou. Ele sabia o que estava fazendo e nem mesmo tentou manter seu relacionamento com Mel em segredo.

— Acho que ganhei o direito de fazer perguntas. — Eles mantiveram as vozes baixas. A Sala de Guerra não podia ser completamente à prova de som, não para a audição dos metamorfos.

— Não sobre isso.

— Você acha que sou a única que terá problemas, uma vez que descobrir quem ela é, e o que ela faz para viver? — Maya se encostou na parede e cruzou os braços.

— Então você pode ficar de olho na bruxa o dia todo, mas eu não posso desenvolver sentimentos por alguém de fora do bando? — Ele não tinha planejado trazer Krista para isso, mas era hipocrisia da mais alta ordem vinda de Maya.

— Meus *sentimentos* — ela zombou — não têm nada a ver com isso. São minhas ações - e as suas - que importam. Existem sete bilhões de pessoas neste mundo. Tenho certeza de que a maioria delas seria melhor do que uma mulher que roubou o artefato mais importante que temos e o deixou cair nas mãos de uma bruxa assassina. — As palavras foram ditas com fúria fria.

— Oito anos, Maya. Diga uma vez em oito anos em que me coloquei acima deste bando. — Ele não teria discutido com mais ninguém, mas Maya conquistou seu lugar como sua número dois e ele não poderia silenciá-la facilmente. Se ele não ganhasse o apoio dela, não sabia o que faria.

— Não duvido do seu compromisso. Mas, neste caso, duvido do seu bom senso.

Seu leão surgiu, desejando rugir.

— Se deseja me desafiar, você é mais do que bem-vinda.

Ela revirou os olhos.

— Não vou te desafiar. Você não poderia me pagar o suficiente para ser alfa. — Seu telefone tocou e ela o puxou do bolso de trás. Depois de um momento, o colocou de volta. — Na verdade não é por isso que eu queria conversar.

— Ah? — Ele estava preparado agora, pronto para a discussão.

— Você encontrou algo? — ela perguntou.

Luke respirou fundo por um segundo.

— Não, exatamente. Mas encontramos um vampiro que parecia estar explorando a região. Ele atacou Mick. Mel e eu chegamos lá antes que pudesse causar qualquer dano maior.

Um pouco de cor se esvaiu do rosto de Maya, mas sua expressão permaneceu neutra.

— O que o Mick estava fazendo lá fora?

Uma pergunta que Luke gostaria de ter a resposta.

— Não faço ideia. A Mel disse que ele estava andando por aí mais cedo.

Maya cruzou os braços.

— Maravilhoso.

— Tem alguma coisa estranha acontecendo com ele? — Luke perguntou. Maya monitorava a alcateia e agia como seus olhos e ouvidos o tempo todo. Se ele não soubesse de algo, ela saberia.

— Não mais do que a besteira adolescente de sempre.

— E os outros já voltaram? — Ele não sabia o que Mick estava fazendo, mas não podia se preocupar com isso. Deixaria para se preocupar com o garoto depois que derrotassem Ava e cúmplices vampiros.

— Sim. Sinclair ligou para dizer que não encontraram nada.

— Nada?

Ela assentiu.

— Nem uma folha fora do lugar.

Luke e Mel não tiveram tempo suficiente para

vasculhar sua área completamente, e ele não ficaria surpreso em saber que era o mesmo para Jonas e Sinclair.

— Vamos procurar de novo amanhã — decidiu ele.

— Vou avisá-los.

Ela se virou e atravessou a sala, parando apenas para abrir a porta.

— E quanto a Cassie? — perguntou Luke. — Você a verificou?

Maya olhou para trás por cima do ombro.

— Ela estava bem da última vez que a vi. Nenhuma mudança para pior. — Ela saiu, fechando a porta atrás de si.

Luke a seguiu não muito tempo depois, parando por um momento para enfiar a cabeça no quarto de Cassie. Nem Krista, nem Bob estavam com ela. Em vez disso, outro leão, Kyle, estava sentado ao lado da cama e lia um livro enquanto ela dormia. Ele começou a se levantar quando ouviu Luke, mas o alfa levantou a mão e disse para ele ficar. Já era tarde e não precisava acordar a irmã agora que ela estava descansando.

Ele voltou para seu quarto e a emoção do dia o envolveu. No momento em que abriu a porta, parecia que um peso de mil quilos estava esmagando seus ombros. Se esticou um pouco quando viu Mel dormindo em sua cama, com o cabelo dela jogado sobre o travesseiro. Na escuridão, só distinguia sua forma, mas parecia tão certo que ele teve que se forçar a seguir em vez de ficar na porta e apenas olhar para ela.

Isso seria assustador.

Ele cruzou o quarto no escuro, com passos cuidadosos e quase silenciosos. Não queria acordá-la. Luke tirou a camisa e a calça jeans, nu, exceto pela cueca. Ele gentilmente levantou o edredom e se deitou ao lado dela.

Mel rolou em direção a ele, se enroscando contra seu calor. Luke passou um braço em volta dela e fechou os olhos. Não conseguia se lembrar de alguma vez ter adormecido mais rápido ou de forma mais confortável.

9

O BRAÇO ao redor dela estava quase dolorosamente apertado. Mas o cheiro de Luke estava ao seu redor também, e quando Mel acordou, se lembrou de ter adormecido na cama dele. Nenhuma luz entrava por baixo das cortinas e o relógio na mesinha de cabeceira dizia que ainda não eram seis da manhã.

Pelas suas contas, haviam sido quase seis horas de sono ininterrupto. Não admirava que se sentisse descansada. Valeria a pena manter o alfa por perto, nem que fosse para manter os pesadelos afastados.

Não queria acordá-lo. O rosto de Luke havia perdido um pouco da tensão que ele estava há dias e ele parecia cinco anos mais jovem. Foi preciso algumas manobras cuidadosas, mas Mel se desvencilhou de suas mãos e deslizou para fora da cama. Ela usava shorts e camisa. Na noite anterior estava muito abalada, não pronta para a intimidade física. E não poderia ter ficado mais feliz por Luke ter respeitado aquele pedido silencioso.

Mel se sentiu constrangida dentro da casa. Precisava pensar, ver o horizonte. E, felizmente para ela, o quarto de Luke tinha uma varanda. Saiu em silêncio e ficou parada junto à grade por vários momentos. Mas ainda não era o suficiente.

Ela se virou e deu uma olhada no telhado. Não era muito alto e a encosta era escalável. Mel agachou-se e saltou, agarrando-se à beirada e balançando-se nas telhas pretas.

ESCALOU o alto do telhado e montou nele, com um pé em cada inclinação. Embora o céu estivesse escuro, podia ver a quilômetros. As luzes da rua em Eagle Creek eram fracas, mas quando o sol começou a subir, viu o contorno das montanhas à distância.

Era bonito.

Mas aquela beleza não fez nada para acalmar o tumulto de seus pensamentos. Nunca teve a intenção de contar a Luke sobre Chance ou o que aconteceu em Cincinnati. A vergonha tinha um jeito de mantê-la quieta. Ele sabia que ela era ladra e isso não a incomodava. Era a verdade. Mas deixá-lo saber sobre sua traição? Não lhe caiu bem, não importava que também fosse verdade.

Para ser honesta, embora fosse algo que geralmente evitava, Mel sabia por que havia contado a Luke – porque teve que contar tudo a Luke.

Não havia como ficar se ele não soubesse. E estava começando a pensar que mantê-lo era mais importante do que qualquer coisa. Estava imaginando sua vida depois de Ava e, nesses pensamentos, Luke tinha um lugar. Ele estava ao seu lado, vivendo com ela e a amando.

Também estava dentro e atrás dela, acima e abaixo, mas seu relacionamento era mais do que lascivo. Embora mal pudesse esperar pelas partes sensuais.

Mel ouviu outra pessoa no telhado e congelou. Ela se abaixou, rolando para fora do cume e ficando o mais quieta possível. Quando sentiu o cheiro de Krista, relaxou. Mel subiu de volta ao cume e esperou que a bruxa se juntasse a ela.

— Senti algo perturbar minha pupila — disse Krista em lugar de uma saudação.

— Não senti nada. — A sensibilidade de Mel à magia era alta para um metamorfo, e ela estava acostumada com a sensação dos feitiços de Krista.

— Esse é o objetivo de uma ala defensiva. — Krista se agachou na extremidade leste do telhado, com a mão agarrada ao cume. Ela devia ter colocado proteções ao redor da casa para avisá-los de qualquer companhia indesejável.

— É um pouco cedo para você acordar. — Krista normalmente não se levantava antes do sol, a menos que a casa estivesse em chamas.

— Eu poderia dizer o mesmo sobre você.

— Eu queria pensar — disse ela, embora seus pensamentos ainda estivessem confusos. Mesmo a paz da manhã não estava ajudando.

— Você não voltou para o quarto ontem à noite. — Não era uma acusação, mas Mel não tinha certeza de como responder.

— Você se importa? — Saiu mais ríspido do que o pretendido.

— Na verdade, não. — Mas Krista não foi embora. Era como se ela não pudesse decidir entre ficar e ir, então permaneceu empoleirada, não exatamente sentada no telhado.

— Estava pensando em Cincinnati — admitiu Mel.

Krista acenou com a mão livre diante.

— Não quero falar sobre isso.

Agora que Mel havia começado, ela queria tirar isso de seu peito.

— Só uma última vez, e então nunca mais vou falar sobre isso. — E ela estava falando sério.

Krista soltou um suspiro.

— Você é quem sabe. — Mas, em vez de deixar Mel sozinha no telhado, ela se sentou no cume, virada para o leste e olhando para o horizonte que clareava rapidamente.

Mel não tinha planejado falar com Krista sobre isso novamente. A última vez tinha sido tão desastrosa que propositalmente não tinha pensado nisso. Até contar a Luke toda a história, uma parte sua acreditava que a bruxa acabaria por superá-la. Mas dizer o que havia feito em voz alta, realmente se lembrando daquela noite, trouxe isso à tona e a fez perceber o quanto agiu errado.

— Sinto muito por não estar lá quando você precisou de mim — e uma vez que Mel começou, as palavras simplesmente escaparam. — E me desculpe por ter fugido depois. Eu agi errado. Completa e totalmente errado, e eu deveria ter socado Chance e ido atrás de vocês. Eu deveria...

— Não me importo com o que você deveria ter feito. — Krista a interrompeu. — Eu me importo com o que você fez.

As palavras soaram como um golpe, mas Mel assentiu.

— Você está certa. E se sobrevivermos a essa merda, espero que um dia você possa me perdoar. — Ela duvidou que isso aconteceria. Não sabia se poderia perdoar Krista se as situações fossem invertidas.

— E se eu não puder?

Mel deu de ombros.

— Acho que vou ter que aceitar então.

Krista respirou fundo.

— Na verdade não estou chateada por você não ter voltado naquela noite.

— O quê? — Mel a tinha deixado para morrer e Krista não a culpava? Isso não fazia sentido.

— Eu desativei o feitiço. Bob encontrou uma saída e eu sabia que você não poderia chegar a tempo. — Ela não estava olhando para Mel, mas agora se virou para encará-la. — Quando você não apareceu no encontro uma semana depois, achei que algo tivesse te acontecido.

Na época, Mel havia se convencido de que Krista e Bob estavam mortos e não suportaria ir ao encontro e confirmado isso. Em vez disso, conseguiu um trabalho na Polônia e ficou fora do país por meses.

— Achei que você estava morta! — Os olhos de Krista brilharam com um fogo interno. — E quando descobri que não estava, eu quis te matar...

— Eu... — Mel se interrompeu antes de se desculpar novamente. Ela sabia que Krista não queria ouvir.

— Você fez algo que a minha mãe faria. — Krista

falou sem malícia, mas Mel sentiu o golpe mesmo assim.

— O que posso dizer? Ela me ensinou tudo que sei. — Tudo o que Ava não tinha ensinado a ela.

— Se fizer uma façanha como essa de novo, você morre para mim.

Não era o perdão, mas era um passo maior do que Mel esperava. Ela não respondeu a Krista; a bruxa não ia querer resposta. Mas ficaram sentadas no telhado por um longo tempo em silêncio, observando o nascer do sol. Assim que a luz do dia se estendeu ao redor delas, Krista desceu do telhado. Mel a seguiu logo depois.

Estava na hora de enfrentar o alfa.

Luke tentou não ficar desapontado por Mel não estar com ele quando acordou. O cheiro dela ainda estava em seu corpo, como um toque quente que atingiu todo o caminho até seu coração, e os lençóis ainda estavam quentes. Ela não estava longe há muito tempo.

Ele não a ouviu no banheiro, então achou que devia ter descido para tomar café. Ou talvez tivesse algum tipo de ritual de ladra que não poderia fazer na sua frente.

Sem a presença dela, não via razão para ficar na cama. Afastou as cobertas e cruzou o quarto até o banheiro, onde abriu o chuveiro. Tirou a cueca e entrou debaixo da água quente. Luke soltou um silvo enquanto se ajustava à mudança de temperatura. Foi quase doloroso por alguns segundos até que a água encharcou sua pele e ele pôde sentir seus músculos relaxarem.

Acima do som da água batendo no azulejo cinza, ele ouviu a porta se abrir e uma pessoa entrar. Ele se virou. O box era fechado por uma porta de vidro, ao invés de uma cortina, e ele viu Mel entrar. Ela deu uma olhada nele, baixando os olhos rapidamente antes de olhar de volta para o rosto dele.

Luke sorriu e se afastou um pouco do alcance do jato para que a água não corresse em seus olhos.

— Bom dia.

Mel sorriu de volta.

— Para você também.

Ela ficou onde estava e Luke começou a se sentir um pouco à mostra.

— Continue olhando e terei que cobrar ingresso.

— O quê? Você não gosta de deixar as garotas olharem para você quando está todo molhado e bonito assim?

— Só você. — Não havia outras mulheres, e ele não queria ninguém além de Mel. — Quer se juntar a mim?

Ela enganchou os polegares no cós do short e puxou-os para baixo junto com a calcinha. Em seguida tirou a camisa e ficou nua diante dele, exibindo sua pele dourada na luz do banheiro. Ela caminhou pelo banheiro, balançando os quadris.

Foi um show para ele, e Luke já estava duro.

Ela abriu a porta e entrou com cuidado, estremecendo um pouco quando a água a atingiu.

— Você sempre deixa a água quente o suficiente para causar queimaduras de terceiro grau? — Ela se aproximou, colocando a mão em seu peito.

Isso não era suficiente. Luke estava pensando nela, sobre o que faria quando a tivesse, desde o momento em que se conheceram. Um centímetro de espaço entre eles era demais. Ele se inclinou, beijando seu pescoço e clavícula.

— Eu acho que assim fica gostoso.

— Hummm — ela soltou um gemido e seus dedos se curvaram. — Talvez você tenha razão.

O som que ela fez enviou um arrepio de prazer

direto para o coração dele. Ele entrelaçou os dedos em seu cabelo e inclinou a cabeça de Mel para cima, tomando seus lábios em um beijo ardente. Era como se a água escorrendo ao redor deles nem existisse. Estava muito envolvido nela para notar ou se importar.

Seu pênis era como um monstro insistente, projetando-se na frente do seu corpo e pressionando contra ela.

Os dedos dela brincaram em seu peito, acariciando ao longo de seu abdômen e traçando seu contorno. Tudo que Luke podia fazer era beijá-la com mais força, marcá-la como sua com a língua. Não podia dizer as palavras para ela, ainda não. Mas colocou tudo que tinha naquele beijo.

E Mel respondeu. Ela estava tão faminta quanto ele, e muito desesperada.

Quando os dedos dela avançaram ainda mais e roçaram a ponta de sua ereção, ele gemeu. Ela o pegou, segurando seu pau e acariciando.

Foi demais para Luke e ele se afastou, interrompendo o beijo.

— Continue assim e eu darei qualquer coisa que você pedir — ele ofegou.

Mel sorriu, seus olhos eram como estrelas brilhantes.

— Vou te dar uma lista.

Luke passou a mão pelo seu cabelo e espalmou seu seio. Mesmo sob o jato de água quente, os mamilos estavam duros. Os lábios de Luke seguiram as mãos, traçando uma trilha de beijos em seu pescoço até que ele fechou os lábios em torno de um dos mamilos.

As mãos de Mel estavam ao lado dele agora, segurando-o com força.

Nesse momento, Luke se sentiu mais próximo dela do que jamais se sentira de outra pessoa. Não havia mundo exterior, nem passado, nem futuro, eram apenas os dois, presos juntos no prazer. Ele não queria mais nada, ninguém mais. Se pudesse parar um momento e congelá-lo para sempre, seria este, com Mel se contorcendo de prazer ao saboreá-la.

Mas não estava satisfeito em apenas provocar seu seio. Seus dedos desceram mais, alcançando seu sexo e encontrando-a molhada. Para ele.

— Me come, Luke — ela implorou.

Luke não precisou ouvir duas vezes.

— Enrole suas pernas em volta de mim — ordenou. Ela obedeceu e segurou-se com força quando ele a apoiou contra a parede.

Luke guiou-se até a entrada dela e a penetrou, observando-a morder o lábio enquanto ele a preenchia. Ele manteve os olhos nela o tempo todo, procurando por qualquer indício de desconforto, qualquer sinal de que ela não estava sentindo prazer. Mas o rosto de Mel estava inundado de prazer e Luke estava no céu.

Mel se inclinou e o beijou. Isso foi perfeito. Ele se moveu dentro dela, com ela, suas próprias respirações em sincronia. Não haveria mais ninguém para ele. Antes de conhecer Mel, isso poderia tê-lo assustado, mas senti-la contra si era tudo o que ele queria.

Ele era sua companheira, sua amante e o homem estava delirantemente apaixonado por ela. Não queria dizer isso, apesar de toda a força de sua emoção, pois não queria assustá-la, mas enquanto se movia dentro dela, as palavras escaparam.

— Eu te amo — ele sussurrou contra seus lábios.

Mel não se afastou. Talvez ela não tivesse ouvido, ou talvez sentisse o mesmo, mas ainda não conseguia dizer. Ela ofegou, estremecendo ao redor dele enquanto gozava.

Luke podia sentir seu orgasmo crescendo. Ele estocou dentro dela, entrando e saindo, sentindo seu batimento cardíaco acelerado no peito até que no último segundo ele se retirou completamente, gozando fora dela.

Mel encostou a cabeça em seu ombro.

— Vamos nos lembrar da camisinha da próxima

vez. — Ela ficou em pé com as pernas bambas, mas não o soltou.

Luke sorriu.

— Esta foi uma maneira incrível de acordar.

— Não se acostume com isso — advertiu Mel. — Não sou uma pessoa matinal.

Seu sorriso ficou ainda mais amplo. Não foi uma declaração de amor, mas já era alguma coisa.

— Ainda precisamos experimentar a cama. — Mas eles não tinham tempo naquela manhã.

Eles tomaram banho juntos, Luke ajudando Mel a lavar o cabelo, Mel ensaboando-o. E somente quando a água esfriou, eles saíram. Mel ia patrulhar a floresta mais uma vez e Luke tinha que ir para a cidade para se preparar para a batalha que se aproximava.

Se fosse outro homem, teria ficado de bom grado na cama o dia todo, fazendo amor com Mel. Mas ele era um alfa, e os dois tinham seus deveres.

10

Esta viagem para a floresta não foi tão agradável quanto a última. E Mel estava incluindo o ataque do vampiro em sua avaliação. A grande ideia de Maya foi caminhar seis quilômetros e meio na floresta, em vez de pegar um dos quadriciclos.

O silêncio foi quase uma bênção.

Após seu interlúdio no chuveiro, Mel voltou para o quarto para trocar de roupa. No momento em que desceu para o café da manhã, Maya estava esperando por ela, com o rosto demonstrando frustração.

Mel não sabia que ela estava esperando-a, mas isso dificilmente impediu Maya de demonstrar insatisfação. Mas Mel não vivia para agradar a ninguém além de si mesma e não iria deixar que Maya passasse por cima dela. Então ela comeu o bagel sem pressa e depois insistiu em trocar de sapatos.

Levou pelo menos mais dez minutos, o que encheu Mel de alegria infantil.

Mas Maya tentou superar a mesquinhez de Mel, levando-as através dos arbustos mais densos, caminhando apenas o suficiente à frente para deixar dezenas de galhos atingirem Mel enquanto ela caminhava pela vegetação densa.

Depois de trinta minutos quase correndo pela floresta, Mel teve o suficiente.

— Qual é o seu problema? — Ela sabia que parecia frustrada.

Maya parou. Seu cabelo ruivo brilhante era a única forma de Mel mantê-la à vista. — Não sei do que você está falando.

Mel afastou um galho particularmente grosso para se aproximar da leoa.

— Achei que éramos aliadas ou algo assim agora. — Ela não tinha certeza do que eram, ou o que seriam quando tudo isso acabasse.

— Aliados não roubam de nós.

Mel jogou as mãos para cima.

— Não foi nada pessoal.

Maya deu um passo ameaçador na direção de Mel.

— Você acha que isso torna tudo bem? Se não fosse por você, não estaríamos à beira da guerra. — Ela apontou um dedo para o peito de Mel, mas o manteve a alguns centímetros de realmente cutucá-la.

— Não — Mel deu um passo em sua direção. — Se não fosse por mim, você já estaria morta. Só imaginei que você sabia que problemas estavam por vir.

— Então você se tornou a heroína, que maravilha. — Ela pressionou o dedo com firmeza no peito de Mel antes de se afastar, mas não deu um passo para trás. Se Maya fosse Luke, estariam perto o suficiente para se beijar. Do jeito que estava, a agressão era a única coisa no ar entre elas.

— Isso é ciúme? — perguntou Mel. — Peguei o lugar que você queria? — Ela não queria fazer isso, mas algo sobre Maya a estava incomodando.

Mas Maya a surpreendeu inclinando a cabeça para trás e rindo.

— Ah, garota boba. Eu nunca precisei usar o sexo para...

Mel não a deixou terminar. Ela moveu o punho voou antes mesmo de decidir lutar, mas pegou Maya de surpresa, acertando-a na lateral do crânio e forçando-a a se inclinar para o lado e dar um passo para trás. Maya cuspiu uma mistura de sangue e saliva e se endireitou, limpando a boca com o polegar.

— Oh, está certo.

Ela correu para Mel tão rápido que a ladra caiu sentada antes que percebesse que estava sob ataque. Mas isso não durou muito. Mel não era o tipo que costumava lutar, mas poderia se defender quando se tratava de vida ou morte. E embora ela e Maya estivessem lutando pelo mesmo bando contra Ava e seu clã, Mel não tinha a ideia errada de que seriam amigas quando tudo isso acabasse.

Esta foi uma luta de puro instinto e raiva reprimida. O sentimento envolveu Mel, que o deixou fluir, batendo os punhos contra Maya, rolando na terra, e não sentindo a dor dos golpes que a acertaram.

Elas rolaram na terra, nenhuma das duas capazes de reivindicar domínio sobre a outra. Quando Mel caiu de costas, puxou as pernas para perto e chutou, lançando Maya vários metros para trás, onde ela bateu no tronco de um carvalho próximo.

Mel soltou um grito e avançou, mas Maya estava pronta para isso e derrubou Mel. Pousou em cima, montando a cintura da ladra. O cabelo ruivo de Maya estava emaranhado em torno de seu rosto, fazendo-a parecer mais demônio do que humana. Mel estendeu a mão e entrelaçou os dedos profundamente, puxando com toda a força que pôde, fazendo Maya gritar.

Elas não estavam usando garras. Por mais zangadas que estivessem, por mais desesperadas que parecesse, nenhuma das duas estava disposto a chegar a esse nível. Uma vez que suas garras saíssem, apenas uma delas iria embora.

Além disso, demoraria muito para se transformarem de forma adequada, e quem quer que o fizesse primeiro estaria vulnerável a um ataque nesse meio tempo.

Mel lutou para se livrar de Maya e chutou-a novamente. A leoa deve ter tropeçado em um galho porque caiu para trás e caiu em uma ravina atrás das árvores.

A luta acabou.

Nenhuma delas havia vencido.

Mel ficou onde estava, esperando que Maya se levantasse. Quando vários minutos se passaram, ela ficou preocupada. Ela ainda podia ouvir Maya se movendo, então ela não estava morta, mas poderia estar presa. Claro, Mel sabia que Maya cairia morta antes de pedir a ajuda de Mel. A ladra queria deixá-la cozinhar um pouco mais, mas eles tinham trabalho a fazer e cada minuto que perdiam era mais um minuto para que Ava pudesse trazer a dor para eles.

Então caminhou até a beira da ravina e olhou para baixo. Não admirava que Maya não tenha voltado. Ela encontrou um círculo de bruxas expirado – um local onde uma bruxa ou um grupo delas executou magia. E pela aparência das plantas queimadas, isso tinha sido feito recentemente.

Mel sentou-se na beira da ravina e desceu, meio que deslizando na terra. Ela caminhou até Maya, começando a sentir cada hematoma e corte que tinha acabado de ser infligido a ela.

— Isso é de alguma merda de bruxa — anunciou Maya.

Mel assentiu.

— Provavelmente procurando pelo Poço.

— Isso é muito perto da casa. Uma de nossas patrulhas deveria ter percebido. — Não era arrogância. Seis quilômetros da casa de Luke, no coração do território da matilha, era muito perto para bruxos conseguirem chegar sem serem detectados.

— Existem feitiços que mascaram o cheiro — disse Mel. — Mas não funcionam por muito tempo.

— Maravilhoso. — Maya contornou o círculo, ficando fora do círculo principal. Tinha cerca de três metros de largura e quase sem vegetação. Parecia quase como se alguém tivesse posto fogo em tudo, mas parou abruptamente com plantas meio carbonizadas em um círculo perfeito. — Então este é o Poço? Elas o encontraram?

Mel balançou a cabeça. Ela se agachou e traçou os dedos na terra escura e seca. Tinha chovido há alguns dias, mas a terra aqui estava completamente seca. Outro efeito posterior de qualquer feitiço que usaram.

Ela olhou de volta para Maya e seu coração deu um pulo, batendo rapidamente.

— Maya, pare! — Uma videira desceu serpenteando por uma das árvores e passou por cima do pé de Maya. A leoa nem tinha notado.

Mas Mel reconheceu o verde-amarelado doentio daquela videira, e quase podia sentir o gosto da magia nojenta no ar. E, felizmente para as duas, Maya ficou parada.

— Olhe para baixo — Mel instruiu, mantendo a voz firme. — Mas não se mova um centímetro.

Maya olhou para baixo e depois para Mel.

— É uma videira. — Ela não pareceu impressionada, mas não se mexeu.

— É mágica — explicou Mel. — E assim que você tentar tirá-la de cima, vai te rodear e te prender. — Mel se lembrou do puxão de uma que a agarrou quando ela era criança. Ficou pendurada por mais de um dia antes que Krista escapulisse e a libertasse.

— Parece uma videira normal. — Maya estava tentando convencer a Mel ou a si mesma.

— Eu cresci perto de bruxas, sabe? — Mel não queria ter essa discussão. — Então, por favor, apenas confie em mim.

Maya assentiu.

— O que eu faço?

Sem uma bruxa para desfazer o feitiço, a única maneira de escapar era agir rapidamente antes que a magia pudesse se firmar.

— Você tem uma faca? — Mel não trouxe armas. Normalmente, suas garras eram mais do que suficientes.

Maya se agachou e seu pé esquerdo escorregou, se afastando alguns centímetros atrás dela. Mas era o pé direito que estava coberto pela videira e ela se segurou firme. Enrolou a bainha da calça jeans e puxou uma faca de cerca de dez centímetros com cabo preto.

Ela poderia ter matado Mel a qualquer momento durante sua luta.

Mel não se permitiu pensar nisso. A demora só iria matá-las. Ela contornou o círculo e pegou a faca de Maya.

— Vou cortar a videira e preciso que você saia da ravina em três segundos. — Sua voz era dura e ela não tinha ideia se isso iria funcionar.

— E você? — Maya perguntou.

— Eu sou flexível, vai ficar tudo bem.

Maya ergueu as sobrancelhas, cética. Mas não discutiu.

— Vou fazer uma contagem de três. Corra no três. Entendeu? — Com o aceno de Maya, Mel respirou fundo. — Um, dois. — Ela baixou rapidamente, cortando a videira grossa onde estava colada à árvore. — Três!

Maya correu, saltando pela borda e rolando de volta. Mel não olhou, ao invés disso, girou para trás e foi na outra direção.

Ela ouviu uma grande explosão e depois de um segundo sentiu uma sacudida forçá-la a recuar. A ladra se virou, mas o círculo parecia exatamente como antes.

Isso não foi uma explosão mágica.

Maya correu para ela.

— Jesus! O que é que você fez?

Mas Mel estava balançando a cabeça e se levantando. Ela devolveu a faca às cegas para Maya.

— Não fui eu. Foi na cidade.

Através das árvores densas, elas não podiam ver nada, mas o cheiro de fuligem já estava no ar e estava assustadoramente quieto, até os animais ficaram em silêncio.

Sem outra palavra, Mel e Maya saíram correndo na direção da explosão.

A EXPLOSÃO JOGOU Luke para trás e galhos se soltaram. Um arranhou sua bochecha, abrindo um corte que começou a sangrar. Mas ele mal sentiu. Seus ouvidos zumbiam com a força da explosão e isso provocou uma dor de cabeça tão forte que era difícil de enxergar.

Mas ele se levantou. Estava caminhando sozinho na orla da floresta e haveria outras pessoas, tanto os membros da alcateia quanto os cidadãos humanos de Eagle Creek, que precisariam de sua ajuda.

Enquanto caminhava em direção ao sul, sua mente estava acelerada. A explosão veio daquela direção, de onde saía a ponte principal da cidade. Era o caminho mais rápido para a interestadual, cruzando um desfiladeiro profundo sobre o rio. Ele sabia, sem verificar, que era a ponte que havia explodido.

Deviam ser os bruxos. Seu outro pensamento era

que um caminhão-tanque havia explodido, mas isso seria coincidência demais. Por algum motivo, estavam tentando prender a ele e seu povo dentro dos limites de Eagle Creek.

Sinclair o encontrou alguns minutos depois. Os dois tinham saído para a floresta para explorar uma rota de evacuação menor. Brynne e Jonas estavam na cidade preparando uma reunião de emergência. Os habitantes da cidade não sabiam o que era o bando, mas entendiam o suficiente para seguir suas ordens quando o perigo estava se aproximando.

O homem mais velho estava imundo com sujeira grudada na barba, mas parecia ileso.

— A ponte — foi a primeira coisa que disse.

Luke assentiu.

— Parece que a batalha está prestes a nos alcançar. — Luke limpou um pouco de sujeira de sua camisa. — Preciso que você vá dar uma olhada — disse ele a Sinclair. — A ponte é transitável? O que causou a explosão? Há uma dúzia de bruxas entoando cânticos de destruição no Colorado? Fique fora de vista.

Sinclair assentiu e saiu sem dizer uma palavra. Luke voltou para a cidade.

Esta não poderia ser a declaração de guerra da bruxa. Se fossem aliadas dos vampiros, esperariam até o anoitecer para atacar. Seria tolice atacar quando suas forças não estavam em plena capacidade. Ao contrário do que diziam as lendas, os vampiros podiam sair durante o dia, mas o sol minava seus poderes. Normalmente a velocidade e força dos metamorfos, junto com habilidades psíquicas ficavam limitadas. Mas, à luz do sol, não eram mais fortes do que os humanos e suas capacidades mentais eram diminuídas ao ponto de não existirem.

O dia estava ensolarado quando Luke entrou na floresta, mas uma escuridão pairava sobre a cidade no momento em que ele escapou da cobertura das árvores. Ele podia sentir as nuvens pesadas no céu, pronto para cair um temporal.

Isso não era natural. E com o céu nublado, estaria escuro o suficiente para os vampiros atacarem com seu poder intacto.

Luke acelerou, correndo para a cidade.

Estava o caos. Um carro havia pegado fogo no meio da rua. Meia dúzia de pessoas estavam correndo para longe dele. Havia dezenas de humanos em pânico, correndo em direção a suas casas ou carros, mas nenhuma ameaça visível.

O pânico deles era contagioso e ele se viu olhando para trás, incapaz de se livrar da sensação de que estava sendo observado, perseguido. Nenhum de seus sentidos estava captando nada. Não havia ameaça iminente, mas o suor se formou em sua testa e seu coração disparou.

Soou um estrondo atrás dele e Luke se assustou, mas quando se virou para ver o que era, parecia que uma lata de lixo tinha caído.

O que havia de errado com ele? Luke não reagia assim, nunca. Sua existência como líder de seu bando dependia de ele ser equilibrado, pronto para enfrentar a violência apenas quando necessário. Um alfa nervoso não sobrevivia por muito tempo.

Era um pensamento moderado, mas ajudou a controlá-lo. Algo estava errado. Algo não era natural no que ele estava sentindo. E agora que ele sabia, ele poderia tentar controlá-lo.

Ele conseguiu chegar ao seu destino e, embora seu coração continuasse batendo forte e o suor não parasse, ele estava bem. Não ótimo, ainda tenso, mas forte o suficiente para examinar suas emoções e mantê-las sob controle.

Brynne e Jonas estavam esperando por ele junto com alguns outros membros do bando.

— Estamos sob ataque? — Luke perguntou. Suas palavras saíram equilibradas. Ninguém comentou sobre sua aparência. Ele podia ver que os demais não estavam muito melhor. As garras de Jonas haviam saltado quando Luke bateu a porta e o outro homem ainda não havia as retraído.

Brynne parecia a que estava mais no controle, embora metade de seu cabelo tivesse se soltado do rabo de cavalo e ela estivesse se remexendo, em vez de ficar parada.

— Três vampiros foram vistos. Ninguém está morto ainda.

Luke assentiu.

— O Sinclair está verificando a explosão. Onde está a Maya? — E Mel, ele acrescentou para si mesmo. Mas sabia que não devia perguntar sobre ela, não enquanto estivessem em modo de crise.

— Ela saiu com a Mel e não se reportou — disse Jonas. — Elas deviam ter voltado para casa há algum tempo.

Mas Luke não precisou se preocupar com isso. Cerca de trinta segundos depois que Jonas falou, a porta do restaurante se abriu mais uma vez, Mel e Maya correram para dentro. Os leões no restaurante ficaram tensos, mas Mel não prestou atenção e se lançou através do salão, quase derrubando Luke com a força de seu abraço.

Luke apertou os braços ao redor dela e levou um segundo, respirando o cheiro dela, deixando-a acalmá-lo. Por um momento, o pânico que estava o envolvendo diminuiu e tudo o que importava era Mel.

— Viemos assim que ouvimos a explosão — disse ela.

Luke afrouxou o aperto, mas não a soltou. Ele não conseguiu.

— Bem pensado. — Ele voltou seu olhar para Maya e acenou com a saudação. Seus lábios estavam franzidos e ela não estava satisfeita com o aperto possessivo de Luke em Mel, mas ele não se importava com isso. Não agora.

Ele notou um hematoma roxo feio surgindo na bochecha de Maya e um olhar para as mãos de Mel mostrou que estavam rasgadas. Elas claramente lutaram, mas Luke não disse nada. As duas correram até aqui juntas, então qualquer que fosse o problema, eles o deixariam de lado por enquanto.

— Todos nós estamos aqui, então, porque não estamos sendo atacados? — perguntou Brynne.

Luke não sabia.

— Talvez estejam esperando até o anoitecer. — O céu nublado lhes daria algum poder, mas não estariam com força total antes de o pôr do sol.

— Ou estão esperando que o feitiço que foi jogado sobre a cidade deixe todos loucos. — Mel falou como se suas palavras fizessem sentido, mas todos se viraram para ela com uma pergunta em seus olhos.

— Que feitiço? — perguntou Luke. Ele estava farto dessa merda de magia.

— Você não se sente nervoso? — Ela ergueu uma sobrancelha. — Estou uma pilha. A magia está quase cobrindo a cidade.

Fazia mais sentido do que uma crise de pânico de ocorrência espontânea.

— Precisamos de Krista — disse ele. Ele pensou que o outro sócio de Mel, Bob, também poderia ser útil, mas aquele homem não havia revelado a extensão de seus poderes ou que tipo de criatura era. Talvez fosse um bruxo como Krista, mas Luke duvidava.

— Eu vou buscá-la — Mel se ofereceu.

— Não vai, não — Maya negou.

Mel se afastou dele, avançando em direção a Maya e invadindo seu espaço.

— Qual é o seu problema?

— Você não é confiável.

Mel mostrou os dentes e suas mãos estavam em punhos ao lado do corpo. Ela estremeceu infinitesimalmente, parecendo pronta para lutar de novo, e Luke saltou entre elas. Ele tinha sido muito otimista sobre a briga.

Antes que ele pudesse falar, a porta do restaurante se abriu novamente e Krista entrou. Ela ergueu a mão.

— Antes que você fique chateado, alfa, eu não tive escolha.

Cassie entrou atrás dela e Bob se aproximou, com uma mão firme em seu cotovelo.

Ele deveria ter ficado bravo, mas estava tenso e a única coisa que podia sentir por sua irmã era que estava feliz por ela estar segura.

— Eu sei para onde estão indo — disse Cassie. — Encontraram o Poço.

A besta dentro de Luke rugiu.

11

O RESTAURANTE ESTAVA UM CAOS. Mel não tinha ideia de como Cassie sabia onde ficava o Poço. Ela tinha estado confinada na cama por dias e Krista tinha colocado um bloqueio mágico nela. A garota deveria estar protegida de quaisquer influências mágicas adicionais do clã de Ava.

Mas Cassie parecia prestes a desmaiar. Luke pegou uma cadeira e sentou-se ao lado dela, afastando com gentileza uma mecha solta de seu cabelo. Ele deixou Mel sozinha, mas ela não se importou. Vê-lo cuidar da irmã assim aqueceu algo dentro de Mel. Isso a fez desejar ser amada assim.

Cassie levou um momento para falar, pois precisava recuperar o fôlego.

— Tenho tido pesadelos — confessou. — Tenho visto bruxos.

Luke se virou para Krista.

— Achei que você tinha dito que bloqueou a conexão entre eles.

Krista cruzou os braços e se eriçou.

— Eu achei que tinha.

— No começo, não percebi que estava realmente vendo-os — Cassie continuou, atraindo a atenção de volta para si mesma. — Achei que eram memórias de quando eles me tiveram ou algo assim. Mas quando vi a mulher loira usando um colar vermelho muito feio, eu soube que eram coisas que estão acontecendo agora.

Ninguém se opunha a chamar a Esmeralda Escarlate de feia, e Mel teve que reprimir um sorriso. Era mesmo uma peça extravagante.

— Onde eles estão? — Luke perguntou.

— Não sei ao certo. — A decepção era palpável na voz de Cassie. — Estou tendo visões psíquicas — ela retrucou — Não é a porcaria de um GPS.

— Está tudo bem, Cassie — tranquilizou Maya.

— Eles estão perto de uma cabana queimada. Acho que estão ao sul do rio e na floresta. Eu pude ouvir um caminhão passando antes de acordar, então eles não devem estar muito longe da estrada.

— Ao sul do rio? — perguntou Maya.

Cassie assentiu.

— Isso não fica em nosso território — disse Brynne.

Claro que não. Mel queria bater a testa contra a parede. Estavam tão focados nas incursões no território de Luke que não ocorreu a ninguém que os bruxos poderiam estar trabalhando fora dele. As evidências que reuniram os levou a pensar que o território estava sendo invadido. Ava tinha jogado com eles.

— Então, de quem é o território? — perguntou Mel.

Luke balançou a cabeça.

— De ninguém. O território da alcateia só se estende até o rio. Além dele não foi reclamado, embora ninguém vá tocá-lo conosco tão perto.

Mel não entendia bem os meandros da lei territorial. Ela preferia viver onde queria, sem se preocupar com a política.

— Então vamos até lá e acabar com Ava e seus cúmplices.

— Precisamos de um plano — objetou Maya.

— Ela tem razão — disse Krista. — A menos que você queira ser enfeitiçada até a morte.

Mel tinha um plano. Matar o máximo possível desses filhos da puta. O quanto isso podia ser difícil?

— Então o que você sugere? — perguntou Luke.

— Presumo que você seja a mais bem preparada para lutar contra bruxos.

Krista se sentou no bar.

— Minha ideia é quase suicida.

Mel animou-se. Perigoso era bom. Eles nunca venceriam Ava jogando pelo seguro. Mas ela olhou para Luke e viu que seu rosto era uma máscara de preocupação. Talvez suicídio não fosse o que ela queria. Não se isso significasse que a manhã no chuveiro era a última vez que eles ficariam juntos.

Mel deu um passo ao lado de Luke e agarrou sua mão. Ela não queria ficar sozinha. Luke apertou-a enquanto ouviam Krista explicar.

— A margem de erro é zero — advertiu Krista. — Mas é a nossa melhor chance de acertar Ava quando ela tenta extrair energia do Poço.

— Você quer dizer deixá-la tomar o poder de alguma bomba nuclear mágica? — Brynne zombou. — Como sabemos que você não vai trabalhar com ela de novo?

Luke ergueu a mão livre para silenciar Brynne. Ninguém respondeu à acusação.

Krista continuou.

— Haverá pelo menos treze bruxos e todos estarão focados em Ava. Francamente, eu duvido que ela tenha trazido muito mais do que isso. Os vampiros são seu poder de fogo, sua bucha de canhão. Eles vão continuar atacando a cidade, tentando nos manter aqui.

— É o *modus operandi* dela — disse Mel. — Por que desperdiçar o povo dela quando há outros para arriscar?

— Ela não pode extrair todo o poder do Poço a menos que Luke dê a ela a propriedade da Esmeralda Escarlate. Mas ela terá poder mais do que suficiente para destruir este condado antes mesmo de percebermos que estamos mortos. O ritual para atrair o poder leva sete minutos do início ao fim. Precisamos romper o círculo e incapacitar ou matar o máximo de membros do *coven* antes de terminar.

— Quantos? — perguntou Maya. — E como? — A preocupação em seus olhos era mais do que apenas a batalha. Ela estava olhando para Krista da mesma forma que Luke olhava para Mel. Parecia que ela e Krista poderiam ter algo mais pelo que viver depois que tudo acabasse.

— São necessárias no mínimo sete bruxos para sobreviver retirando magia de um Poço — disse Bob. Mesmo Mel não sabia disso.

— Você sabe quando elas vão fazer isso? — Luke perguntou. A tensão na sala era densa. Todos esses leões odiavam ser forçados a esperar e Mel concordava. Ela queria socar alguém, agarrar algo, apenas lutar e vencer. Ficar por perto enquanto o inimigo ficava mais poderoso era a última coisa que ela queria.

— Eles vão atuar ao anoitecer. — Krista não parecia segura.

— Como sabe? — Maya perguntou gentilmente. Ela olhou ao redor da sala como se esperasse que alguém duvidasse de Krista.

— É o básico da magia. Os quatro melhores momentos para fazer qualquer feitiço importante são meia-noite, meio-dia, amanhecer e anoitecer. Já passamos do meio-dia e à meia-noite teríamos tido tempo suficiente para nos reagrupar. — Krista baixou os olhos para o relógio. — Temos três horas e meia até o anoitecer. Se eu fosse a Ava, agiria o mais rápido possível.

— Tudo bem — Luke falou com autoridade em sua voz. — Jonas, quero todos os lutadores que temos. Divida-os em dois grupos. Um quarto para guardar a cidade, três quartos para a batalha. Brynne, pegue todos os que não são lutadores e os posicione na cidade. Eles devem ser a segunda linha se nossos lutadores falharem. Eles devem tirar os humanos se a cidade explodir. Nos reunimos em uma hora.

Brynne e Jonas se levantaram depressa, com suas funções atribuídas. A meia dúzia de outros leões espalhados pelo restaurante foram com eles, deixando Luke, Maya, Mel, Bob, Krista e Cassie sozinhos.

Os amigos de Mel se sentaram ao lado de Cassie. Bob olhou para ela, Luke e Maya com expectativa. Os três metamorfos se sentaram.

— Como é que a Cassie está fora da cama? — perguntou Mel. — E como a Krista está curada?

— Você a curou? — Luke perguntou ao mesmo tempo.

O olhar de Cassie se desviou para a mesa. Krista e Bob balançaram a cabeça.

— Temos uma solução temporária no momento — disse Bob. — Eu vinculei minha força vital a Cassie.

— E o que isso significa? — perguntou Maya.

— Que estamos desesperados.

Krista assentiu.

— As ações de Bob me permitiram dedicar um pouco da minha magia a um feitiço de cura para mim.

— Pedi a eles para fazerem isso — disse Cassie, de repente. — Eu concordei.

— Por quê? — Mesmo sem saber dos detalhes, Mel percebeu que era uma má ideia. Se tivesse alguma esperança de curá-la, eles teriam tentado isso há alguns dias. Isso não era uma solução, era um Band-Aid em um osso quebrado.

— Porque a bruxa que a enfeitiçou vai estar com a Ava. — Krista disse isso como se importasse.

— Para que eu possa matá-la e terminar com isso? — a pergunta de Luke era mais uma afirmação.

Krista e Bob trocaram um olhar e Mel sentiu um arrepio percorrer sua espinha. Ela tentou ignorar, confiava que eles iriam fazer o certo por Cassie.

— Não exatamente — disse Bob.

Krista continuou por ele.

— Achamos que a Cassie pode quebrar o feitiço se ela matar a bruxa que a enfeitiçou. Essa bruxa estará usando um amuleto feito de algo da Cassie, provavelmente seu cabelo. Se ela fizer como nós a instruímos, ela deve ser libertada.

Cassie estava pálida e Krista falava com um tom de voz que Mel tinha ouvido muitas vezes quando falavam com a mãe de Krista quando crianças. Ela estava escondendo algo grande. Mas Mel manteve a boca fechada. Se eles estavam mantendo algo em segredo, tinham um motivo muito bom.

— De jeito... — Luke ergueu o punho, mas Mel estendeu a mão e colocou a sua em cima dele, interrompendo-o.

— Não podemos lutar contra a Ava e matar essa bruxa. — Ela olhou para Krista nos olhos por tempo suficiente para que sua amiga soubesse que ela suspeitava que estavam escondendo algo dela.

Depois que o momento passou, Mel perguntou: — Existe alguma outra maneira?

— Não — disse Krista. — Apenas isso.

Luke cedeu.

— O que você precisa que eu faça?

— Assim que encontrarmos a bruxa, não deixe ninguém além de Cassie se aproximar dela — disse Bob. — Duvidamos que ela seja uma das treze de Ava. O feitiço que liga Cassie a ela é provavelmente uma mecha de cabelo trançada ao redor de seu pulso. Se pudermos isolá-la e deixar Cassie fazer o que precisa, isso pode dar certo.

Luke se virou para Maya.

— Ajude-os — disse. — Providencie tudo o que eles precisarem.

Eles ficaram sentados em silêncio por um momento, mas quando Luke se levantou, Mel o seguiu, deixando os outros quatro para trás. Ela e Luke não foram longe, apenas para um pequeno pátio atrás do restaurante. O alfa a puxou para perto, deixando-a apoiar a cabeça em seu ombro e sentir o cheiro reconfortante dele.

Mel queria ficar lá para sempre, sendo abraçada por ele. Se precisasse descrever a sensação de lar, seria aqui, em seus braços. Não sabia que ele era o que desejava, não fazia ideia de que era esse sentimento o que ela estava procurando. Mas agora que ela o tinha, lutaria contra o céu e o inferno para mantê-lo por perto.

Era amor? Ela não sabia. Mas era forte e real, e a coisa mais importante que ela já sentiu.

Depois de um minuto sem palavras, eles se separaram. Estava na hora de ir para a guerra.

Apesar da gravidade da situação, Luke estava calmo. Tudo aconteceria nas próximas horas: recuperar a vida de sua irmã, seu futuro com Mel e o destino de sua alcateia. Mas tudo o que ele sentia era uma sensação de calma.

Quase todos que podiam lutar estavam reunidos na sala de jantar. Maya deu as ordens aos não-lutadores. Os leões que ficariam para trás já estavam do lado de fora, patrulhando as ruas e matando os poucos vampiros que ousassem atacar.

Estava um silêncio mortal. Ninguém falou, ninguém se mexeu. Todos simplesmente esperaram que Luke falasse.

— As coisas ficaram loucas nas últimas semanas — disse ele. Alguns de seus leões se inclinaram para frente, prestando atenção. — E esta noite é a consequência. Há um coven de bruxos lá fora que acha que tem o direito de entrar e tomar este território de nós. Vamos deixar isso acontecer?

Como uma só voz, os leões responderam:

— Não!

— Vocês são os guerreiros desta alcateia — a voz de Luke ficou mais alta e seu batimento cardíaco acelerou, enquanto a adrenalina corria por ele. — São vocês quem vão proteger nossos fracos, nossos inocentes. E proteger todas aquelas pessoas nesta cidade que não sabem que precisam de proteção. Se algum de vocês tiver dúvidas neste momento, deixe-as ir. Somos poderosos e estamos certos. Não podemos perder.

O bando aplaudiu, pondo-se de pé, pronto para a batalha adiante.

— Sabemos onde eles estão, e nossa bruxa diz que a magia que estão realizando significa que eles não podem dedicar muita magia protetora para se defender contra nós. Seus sentinelas não terão proteções, e nós não mostraremos misericórdia.

Suas palavras demoraram um momento para serem absorvidas; esses leões nunca haviam lutado com bruxos antes. Mas ele não viu medo nos olhos dos membros de sua alcateia. Ele viu excitação.

— VOCÊS SABEM O QUE FAZER! — Luke chamou a atenção, gritando agora. — ENTÃO VAMOS PARA A BATALHA!

Os metamorfos junto com Krista e Bob saíram do restaurante, dividindo-se em meia dúzia de direções. Com a ajuda de Cassie, eles sabiam onde os bruxos estavam. E atacá-los em todas as direções seria a única maneira de distraí-los.

Quarenta metamorfos correram atrás do coven. Luke sabia os nomes, conhecia a família e a história de cada um deles. Quem quer que ele perdesse esta noite machucaria seu coração.

Mas não conseguia se concentrar nisso agora.

Ele correu com Maya, Krista e Bob. Mel tinha partido com Brynne. Aqueles dois não haviam levado outros com eles, seu primeiro objetivo era encontrar Sinclair e confirmar que a ponte era transitável. Era o caminho mais rápido para os bruxos e para a via expressa. Se a ponte estivesse destruída, eles ainda seriam capazes de enfrentar o coven, mas precisariam retransmitir a informação de volta para a cidade para garantir que eles pudessem ir pelas estradas secundárias. Jonas e Killian liderariam suas próprias equipes de leões atrás de Mel e Brynne.

Luke não ia para a ponte. Ele e seu contingente seguiram para a floresta, descendo a colina. Eles se moveram devagar. Krista e Bob não eram metamorfos e não podiam se mover tão rápido quanto os leões. Cassie, apesar do vínculo com Bob, ainda estava lenta. Então, eles se moviam em um ritmo ainda mais devagar do que o humano.

Eles chegaram ao rio quando a escuridão começou a se estender sob as árvores. O crepúsculo se aproximava.

— Precisamos... — Maya se interrompeu quando Luke lançou um olhar para ela. Ele sabia que precisavam se mover mais rápido. Mas não havia nada a ser feito.

Ele olhou para o céu. Ainda estava nublado, mas não ameaçadoramente escuro. O pôr do sol fez sombras na floresta muito antes de o sol atingir o horizonte. Ele também olhou para sinais luminosos no céu.

Não havia nenhum.

Bom.

Era o sinal de Mel de que a ponte estava intransitável ou com uma armadilha explosiva. Ela e Brynne já deveriam ter chegado à ponte. Portanto, o que quer que os bruxos tivessem feito para causar aquela explosão, não havia derrubado a estrada.

Um cheiro desconhecido fez cócegas em seu nariz

e o ar parecia denso. Luke ergueu a mão, parando o grupo. Ele apontou para Krista e murmurou:

— Bruxos?

Ela fechou os olhos e relaxou os ombros. O ar girou ao redor dela, farfalhando sua camisa. Depois de um momento, ela abriu os olhos, que brilharam em tons de dourado por um momento antes de voltarem à sua cor normal. Ela assentiu.

Eles haviam discutido isso em seu plano. O caminho que tomaram deveria estar bem guardado. Era a única trilha na floresta que levava diretamente à cabana queimada que Cassie viu em seu sonho. Luke e Maya deveriam subjugar os bruxos que encontrassem, enquanto Krista e Bob verificariam se algum de seus inimigos havia enfeitiçado Cassie.

Todas os bruxos morreriam esta noite.

Luke deixou suas garras crescerem enquanto caminhava na frente do grupo. Maya foi para trás de uma árvore para se despir e se trocar. Ela andaria como uma leoa até que isso fosse terminado.

O bruxo não estava longe, e Luke o reconheceu imediatamente. Tim, o homem que exigiu a propriedade da Esmeralda Escarlate. Em vez de se aproximar, Luke se abaixou e saltou, agarrando-se a um galho de árvore e se elevou.

O galho se mexeu sob seu peso, farfalhando as folhas. Tim saltou, levantando-se de onde estava sentado e olhando em volta desesperadamente. Krista lhe disse que os bruxos estariam colocando muito de seu poder na cerimônia. Até mesmo os guardas que não faziam parte do círculo poderiam oferecer seu poder a Ava.

Eles não estariam usando proteções esta noite para manter os leões fora. Era um erro de proporções épicas. Bruxos não sabiam como definir um perímetro sem magia, eles eram mais cegos que os humanos e mais vulneráveis.

Luke se manteve absolutamente imóvel até que Tim relaxou. E uma vez que aquele bruxo estava convencido de que era apenas o vento, Luke se moveu, saltando por três árvores e atacando Tim de cima, cravando suas garras no pescoço do bruxo, tirando sangue.

Tim tentou falar, mas Luke apertou com mais força, sentindo algo estalar sob seu peso. O bruxo agarrou o chão, tentando encontrar uma arma ou usar as mãos para invocar magia. Mas Luke o tinha imobilizado completamente, mantendo-o sob controle. Não havia nada para ele fazer a não ser morrer.

Bob se aproximou, silencioso como um rato. Que tipo de ser mágico poderia andar tão silenciosamente como um metamorfo? Se eles sobrevivessem à noite, Luke perguntaria a ele.

O negro se ajoelhou ao lado deles, arregaçou as mangas de Tim e examinou seus braços. Encontrando-os sem joias, Bob puxou o colarinho do homem para baixo. Sua garganta estava nua.

— Não é ele — ele disse e desapareceu na noite, deixando que Luke acabasse com ele.

Mas Luke não deixaria por isso mesmo.

— Quem enfeitiçou a minha irmã? — questionou.

Tim gaguejou, incapaz de falar por causa do peso em sua garganta.

Luke relaxou, dando-lhe ar apenas o suficiente para falar. Quando Tim falou, suas palavras não faziam sentido. Luke deu a ele ainda mais espaço e se inclinou para frente.

Tim falou novamente, as palavras mais altas agora, mas ainda sem nexo. Ele parecia semelhante a quando Krista executou seus feitiços para ajudar Cassie. Ele estava fazendo magia.

O alfa se lançou para frente para cortar sua garganta, mas um galho de árvore o pegou desprevenido, golpeando-o e fazendo-o cair de cima do bruxo.

Tim não perdeu tempo tentando lutar. Em vez disso, fugiu, indo mais ao sul, em direção a onde sabiam que os bruxos estavam reunidos.

Luke saiu correndo atrás dele, cobrindo facilmente a distância entre ele e o homem ferido. O bruxo rolou enquanto eles caíram, jogando terra no rosto de Luke. Com uma palavra, o fogo se acendeu, chamuscando Luke e cegando-o por um momento.

Mas Tim estava ferido e em território desconhecido. Ele não tinha chance.

Luke continuou indo até ele, desviando da magia conforme ela era lançada. O bruxo estava recuando, tentando manter os olhos em Luke, mas isso significava que ele se movia devagar. Finalmente, ele deu um passo em falso, tropeçando em um tronco e caindo para trás.

Em um segundo, Luke estava sobre ele, cravando as garras na garganta do bruxo e deixando o sangue correr. Ele nem teve um momento para lutar.

Luke se levantou, deixando-o ali. Eles se preocupariam com os corpos amanhã; esta noite lutariam.

Os bruxos não estavam sozinhos. Depois que ele e seu grupo deixaram Tim caído no chão, percorreram mais alguns quilômetros antes de farejar qualquer outra pessoa. E então o cheiro adocicado doentio de um vampiro atingiu Luke, quase o parando em seu caminho.

Maya pegou este, esgueirando-se à frente deles. Levou segundos para subjugar o vampiro. Seu grunhido era o único sinal que ele tinha de que a morte estava em sua porta.

O caminho ficou mais estreito à medida que eles se afastavam do rio e eram forçados a andar em fila indiana. Luke não gostou. Sentiu a nuca formigar de consciência. Estavam se movendo muito devagar, o que daria oportunidade para que fossem ouvidos, e estariam tão mortos quanto o vampiro que Maya matou.

Mas então a trilha se alargou novamente e Luke sentiu o cheiro de gasolina. Estavam mais perto da estrada, mas isso não vinha de lá. Não, era o cheiro de um veículo.

Eles estavam perto.

Ele sentiu dois braços em volta de seus ombros e enrijeceu, pronto para lutar contra seu agressor. Mas era apenas Cassie. Ela se aproximou, enterrando a cabeça em seu pescoço.

— Eu te amo, irmãozão — disse ela, antes de se soltar e recuar com Bob e Krista.

Luke se virou e sorriu para ela. Ele se sentia da mesma maneira e mal podia esperar até que ela melhorasse, até que a tristeza em seus olhos desaparecesse.

Os sons de luta os atraíram. Os outros membros de seu bando se juntaram à briga e bruxos e vampiros lutaram por suas vidas. Maya correu, avançando para entrar na briga. Luke olhou para o grupo e apontou para Krista:

— Você, venha comigo. Vamos pegar essa bruxa maldita.

Krista deu um passo à frente e eles partiram.

O foco dos metamorfos estava no grupo de bruxos reunido na clareira em frente à casa queimada. Era o caos. Os metamorfos continuaram batendo em uma parede invisível, o tempo todo lutando contra os vampiros e bruxas que não estavam dentro do limite protetor.

— Achei que você tinha dito que eles não teriam defesa — disse Luke.

Krista olhou para os bruxos.

— Estão usando muito de seu poder para manter aquela proteção. Ela vai enfraquecer assim que começarem o feitiço. Logo seus leões serão capazes de subjugá-los. — Ela se encolheu quando um dos leões, ele não podia dizer quem à distância, se lançou contra a parede e quicou, voando três metros para trás. Ele foi imediatamente atacado por dois vampiros.

Isso era diferente de lutar na floresta densa. A casa aqui era uma relíquia histórica e durante o verão os grupos de turistas faziam caminhadas pela floresta para almoçar neste local. Ficava dentro da floresta o suficiente para permitir que caminhantes inexperientes se sentissem realizados por fazer a caminhada de três quilômetros.

A floresta havia sido derrubada ao redor da casa e o serviço florestal a manteve. Eles tinham trinta metros de espaço aberto para lutar, as únicas barreiras eram alguns troncos caídos e meia dúzia de mesas de piquenique.

Os bruxos de Ava estavam em círculo ao lado da casa e o ar tremeluzia ao redor deles, protegendo-os. Os vampiros e bruxos não envolvidos na cerimônia estavam tentando lutar contra os leões furiosos que estavam decididos a interromper o ritual.

Já havia vítimas, vampiros e bruxos deitados no chão, alguns sem vida, outros perto da morte. Ele podia ver que alguns de seus metamorfos estavam feridos, mas não viu nenhum derrubado e esperava que continuassem com sorte deles.

— Fique perto de mim — disse a Krista.

Não havia cobertura, exceto pela casa queimada e os bruxos rapidamente os avistaram. Luke se jogou para frente quando um raio de magia os atingiu, mas Krista levantou a mão, protegendo os dois. O raio se dissolveu quando o ar tremeluziu à sua frente.

Ela ofereceu-lhe a mão, mas Luke se levantou sozinho. Ele ainda estava com as garras para fora e não queria machucá-la.

Mais magia foi disparada na direção deles, como rajadas de relâmpagos coloridos. Mas não parecia vir da batalha principal. Uma chuva de fogos o cegou momentaneamente, mas eles não foram atingidos.

— Você pode proteger a todos com isso? — ele perguntou.

Krista negou com a cabeça.

— É basicamente uma parede de concreto invisível. Vou precisar derrubá-la se quisermos lutar.

Ele não conseguia ver de onde vinha o ataque mágico, mas isso respondeu à sua pergunta.

— Estão na casa.

Eles correram, a proteção de Krista salvando-os de uma onda de rajadas de magia que foi focada em sua direção enquanto corriam. A ruína tinha apenas duas paredes, e era mais esburacada do que sólido. Dois bruxos estavam agachadas, um homem e uma mulher. Luke não os reconheceu.

Mas o que viu foi uma grande pulseira de metal no braço da mulher coberta por cabelos loiros. O cabelo de Cassie. Esta era a bruxa que havia feito = o feitiço.

Ele queria rasgá-la em pedaços, mas manteve seu instinto sob controle.

Krista largou a proteção mágica e Luke se lançou sobre o homem, passando as garras pela garganta dele e rolando para longe. O homem estava morto antes de atingir o chão.

A bruxa tentou fugir, mas ela bateu na outra

parede e tropeçou, dando a Luke tempo para chegar até ela. Ele deu uma joelhada em seu estômago e segurou suas duas mãos com uma só, enfiando as garras da outra mão em sua garganta.

— Pegue-os — Luke ordenou, o som gutural.

— Sinalizei para eles — Krista respondeu. Ela manteve os olhos nele e na bruxa, como se não confiasse nele para deixar a mulher viva.

O choque reverberou pelas ruínas, derrubando um pedaço de madeira solto no chão.

— Essa é a proteção — disse Krista. — Você precisa ir ajudá-los.

Luke estava dividido, precisava cuidar de Cassie, mas não havia mais nada que pudesse fazer para ajudá-la.

— Mantenha-a segura — Luke exigiu.

Krista assentiu.

— Você tem a minha palavra.

Luke correu direto para a batalha e para o inferno.

12

MEL SABIA que não havia como voltar depois que ela e Brynne cruzassem a ponte. Mas não esperava que o momento chegasse tão rápido. Eles estavam além da ponte, certos de sua relativa segurança em questão de minutos depois de deixar Eagle Creek. O resto dos leões não estava muito atrás, e se reuniriam com eles em breve.

Então foram pela floresta, atingindo os bruxos e vampiros que passavam. Ela estava confiante de que a cidade estava relativamente segura no momento. Havia gente demais na floresta para que houvesse uma grande força lutando na cidade.

Ela não sabia os nomes desses leões. Mal conhecia este bando há algumas semanas. Mas se morresse esta noite, ficaria feliz em fazer isso ao lado deles.

Não que planejasse morrer.

A batalha ficava mais feroz ao seu redor. Mel perdeu a noção do tempo assim que chegaram à casa queimada. Havia apenas bruxos, vampiros e a luta. Ela não podia o que protegia Ava e seus comparsas, mas quase podia sentir. Era como insetos tocando as asas contra ela.

Mel se jogou na proteção com o resto dos leões, lutando contra a magia e os vampiros. A única coisa que poderia derrotar esta barreira era a força física. Eles bateriam nela como se fosse uma parede de tijolos. E como uma parede de tijolos, ela cairia.

Doze bruxos cercavam uma mulher loira. Mel teve só alguns vislumbres dela. A raiva em seu estômago era confirmação suficiente. Ava estava no círculo, convocando a magia para destruir Luke e sua alcateia. Se houvesse alguma dúvida em sua mente, ela desapareceria agora.

Mel redobrou seus esforços. Embora a proteção fosse quase invisível, pouco mais do que um fio de ar, queimava ao toque, como um fogo invisível tentando proteger as mulheres e os homens por trás. Mas incêndios podiam ser apagados, sufocados.

O rosnado cresceu do fundo de sua garganta, ganhando poder e se tornando um rugido totalmente berrado. Ela não parecia um dos leões, mas não precisava. Todos os felinos estavam juntos nesta missão. Hoje eles eram parte de um bando.

O chão cedeu, primeiro um centímetro e depois mais dois. Por um momento tudo ficou quieto, e então ela sentiu uma explosão no estômago, o ar soprando para fora quando a barreira caiu na frente deles com um silêncio estremecedor.

Os bruxos de fora da proteção perceberam antes dos de dentro. Ela ouviu uma voz estridente gritar:

— Proteja o coven!

Mas era tarde demais. Ela já estava saltando, suas garras saindo de suas mãos, prontas para colher sua vingança.

Ela empurrou um homem alto para fora de seu caminho. Não era ele quem ela queria.

Não, isso era entre ela e Ava.

Mas ela não conseguia chegar até a bruxa. O coven estava unido em um círculo ao redor de Ava. Todos alimentavam seu poder nela, com as vozes elevadas em um canto. Mel não tinha ideia de quanto tempo estavam realizando o ritual. O volume das vozes não mudou quando os leões os alcançaram.

Primeiro, uma mulher baixa caiu, jogada ao chão por uma leoa em plena forma animal. Ela mal gritou antes de sangrar.

Mel bateu as garras nas costas de outro homem alto. Ele caiu, continuou cantando. Ela se inclinou sobre ele, mas quando seus olhos encontraram os olhos azuis brilhantes do bruxo, ela viu a dor e o medo. Ele estava apavorado com o que ela faria com ele.

Ele parou de cantar por tempo suficiente para implorar:

— Por favor, não me mate. — Apesar de sua altura, sua voz era aguda, como se ele ainda fosse um jovem. Devia ter uns vinte anos.

E naquele momento Mel se lembrou de que nunca havia matado ninguém. Ela era criminosa, mas não violenta.

O jovem aproveitou sua hesitação.

Ele ergueu a mão em sua direção e um raio de energia cintilou. Teria a acertado bem no rosto se um outro homem grande não a tivesse afastado a tempo.

Lucas.

Ela se viu embaixo dele, com a mão dele pousando acidentalmente em sua garganta.

Mel sorriu, feliz por ele tê-la encontrado e por ele estar seguro no momento.

— Acho que já estivemos aqui antes.

Ele se inclinou, quase a esmagando com seu peso. Um momento depois, Mel sentiu o calor da magia correr sobre eles. Luke estremeceu, mas beijou sua bochecha depois de respirar fundo.

— Não, desta vez é muito melhor — ele murmurou.

Eles se separaram, incapazes de roubar mais do que um breve momento no meio da batalha.

O jovem rastejou de volta para o círculo. Ele estava de quatro com as feridas nas costas deixando rastros de sangue. Se o ritual não terminasse logo, ele morreria de perda de sangue. Mas Mel não lhe daria essa chance.

Seu momento com Luke foi o suficiente para lembrá-la por que estava aqui, por que precisava tirar essas vidas. Não era apenas para se vingar da família que lhe foi roubada. Era para proteger o homem que ela escolheu e a família que construiria com ele.

Ele era seu companheiro, *droga,* e era hora de protegê-lo.

Mel não deu ao jovem com os temerosos olhos azuis uma chance de se defender, em vez disso, estendeu a mão e enfiou as garras em sua garganta. A abordagem dela foi silenciosa no meio da luta. Ele não sabia que ela estava atrás até que ele estava morto.

Pelo menos dois abatidos. Precisavam de mais quatro.

Mas os bruxos se recuperaram. Aqueles que estavam no *coven* fizeram um círculo perto de Ava.

Eles estavam dentro de um grande círculo de pedras e de cada uma erguia-se um fogo vermelho cintilante. Mel tentou contá-los. Havia ao menos sete bruxos dentro, incluindo Ava. As pedras bloqueavam sua visão, mas não achava que havia mais.

Mesmo assim, era o suficiente para terminar o ritual.

Olhou para Luke, esperando que ele tivesse alguma ideia de como passar pela proteção. Mas ele a olhou naquele mesmo momento, seus olhos tão desesperados quanto os dela.

Mel não ia desistir. Isso era muito importante para perder. Não ia deixar Ava lhe tirar tudo novamente. Se abaixou e pegou um galho que havia caído de uma das árvores. Era insubstancial, pouco mais que um graveto. Se o usasse para bater em alguém, ele se partiria, sem deixar hematomas. Mas suas mãos eram fortes. Ela ergueu o braço para trás e jogou a vara na direção da proteção recém-construída.

A madeira bateu em uma parede invisível e caiu no chão.

Não poderiam fazer uso de força física para derrubar esta proteção. Na melhor das hipóteses, estariam feridos demais para lutar quando conseguissem passar. Na pior, toda a alcateia estaria morta muito antes de Ava assumir o poder do Poço.

Mel observou os bruxos circulando atrás das chamas, suas imagens turvas. Não conseguia ouvir o canto. Mesmo que a luta tivesse diminuído, a maioria estivesse mortos, feridos ou fugindo, a floresta ainda estava muito barulhenta para captar qualquer som que a magia não bloqueasse.

Luke caminhou até ela, passando por cima do corpo caído de uma bruxa desconhecida.

— Devemos fugir? — ele perguntou. Não parecia derrotado, mas seus ombros cederam um pouco.

— Não há tempo suficiente. — Já haviam passado dos sete minutos que seriam necessários para completar o ritual. Mesmo com a velocidade dos metamorfos, cruzariam apenas alguns quilômetros. Ava acabar com ele antes do amanhecer com seu novo poder. Ela se virou para Luke e esperou até que ele a olhasse.

— Eu te amo, você sabe — ela confessou.

O canto da boca de Luke se curvou em um sorriso.

— Me diga isso amanhã.

— Tudo bem. — Não foi a primeira promessa que fez e não poderia cumprir.

— Krista disse que abaixariam a barreira — Luke voltou sua atenção para o círculo enquanto Maya se movia ao lado deles em sua forma de leoa. — Alguma ideia de quando isso vai acontecer?

Mel balançou a cabeça.

— Não teremos muito tempo para agir.

— Será o suficiente. — Havia algo diferente em

sua voz. Ele não estava apenas a tranquilizando, estava lhe dando a promessa de um alfa.

O tempo avançou enquanto esperavam que os bruxos largassem a proteção. Cada segundo parecia levar minutos e Mel podia sentir o desejo de acelerar aquilo.

Krista correu para eles com a camisa coberta de sangue seco.

— Por que...

— A Cassie está bem? — Luke não a deixou terminar.

Krista não respondeu de imediato, até que finalmente falou.

— O feitiço se foi. — Ela gesticulou para o clã. — Mas por que vocês estão todos parados aqui?

Mel olhou entre a proteção em chamas e Krista.

— As chamas?

Krista bateu com a palma da mão na testa e gemeu. A ação poderia ter sido engraçada se ela não tivesse deixado uma linha gigante de sangue na sobrancelha esquerda. — É fascinante. Vai ser um pouco quente, mas não deveria pará-los.

Mel agarrou Krista pelos ombros.

— Você tem certeza? Esta é a Ava.

Krista assentiu.

— Eles estão canalizando tanto poder para o feitiço que o mal fica estável. Até que terminem o ritual, eles não terão energia suficiente para jogar qualquer coisa em você.

Mel se virou para Luke.

— É agora ou nunca.

Ele já estava correndo, reunindo seus leões para flanquear os bruxos. Mel ia começar a correr com eles, mas Krista pôs a mão em seu ombro.

— Vamos por trás. Enquanto os felinos estarão matando os bruxos, você sabe que a Ava vai tentar escapar. Ela não vai deixar um bando de leões matá-la. — Krista apertou seu braço, como se achasse que Mel tentaria correr para a luta principal.

Mas ela sabia que Krista estava certa. De jeito nenhum Ava se permitiria ser levada, e se fugisse hoje, voltaria com maior força em breve. Desta vez, ela mataria todo o povo de Luke antes mesmo de tentar tomar o Poço.

Então ela e Krista se afastaram da luta principal e voltaram para o bosque em direção à estrada, de volta ao pequeno estacionamento que servia à área de piquenique.

Mel ajudou Krista a subir em uma árvore e depois subiu em outro galho. Ficar nas árvores as mantinha escondidas, mas não permitia a mobilidade. Ainda assim, este era o caminho que Ava tomaria, pois era o mais rápido para longe da cabana e ela sabia que não poderia fugir dos leões em sua própria floresta.

Minutos se passaram. Mel podia ouvir o choque da luta, os gritos enquanto bruxos morriam e leões eram feridos. Finalmente, um raio caiu, provocando um clarão branco na floresta por um segundo e cegando Mel.

— Eles pararam — disse Krista. — Ela vai fugir.

Apesar da deficiência visual, Mel se agachou em seu galho, pronta para enfrentar a bruxa.

— Seja rápida — advertiu Krista. — A maior parte da magia dela terá sido drenada durante o ritual, mas ela vai ganhar o suficiente para fazer grandes danos rapidamente. Vou te dar suporte mágico se você precisar. Agora que o ritual não está acontecendo, meus feitiços devem estar no alvo.

Mel estava feliz por Krista estar aqui. Ela nunca teria conhecido as nuances da magia sem sua orientação. Não importava o quanto pudesse estudar as táticas de Ava – e de sua experiência pessoal – não havia nada melhor que ter uma bruxa ao seu lado.

Mas Mel não teve tempo de dizer isso, ainda não. Podia ouvir os galhos estalando e a respiração pesada enquanto alguém corria pela floresta, fugindo da luta. Ela estava a favor do vento, mas Mel teve um vislumbre de um cabelo loiro quase branco.

Ava.

Respirou fundo pela última vez e esperou até o momento certo. Ava estava quase na árvore de Mel quando ela saltou. Apenas olhou para a bruxa, mas foi o suficiente para fazê-la tropeçar. Ela aproveitou a vantagem, não dando a Ava chance de tirar vantagem do seu erro.

Foi uma briga rápida, mas Ava não era uma lutadora. Não fisicamente, de qualquer maneira. Se tivesse pelo menos uma fração de seu poder disponível no momento, Mel já estaria queimada. Mas, neste momento, a vantagem era sua.

— Sua idiota — Ava grunhiu —, se você acha que isso significa qualquer coisa além da sua condenação, você tem menos inteligência do que um mosquito.

Ela não reconheceu Mel. Depois de todos esses anos, os pesadelos, os planos para derrubá-la, a determinação implacável de estar preparada para este exato momento, e a inimiga de Mel não teve a decência de saber quem ela era. Não deveria ser uma surpresa. Ava não a via desde que ela tinha doze anos, meio selvagem, com o cabelo emaranhado e a pele constantemente machucada. Ela mal parecia humana.

Havia planejado fazer um discurso neste momento. Planejou isso mentalmente em um ataque de sentimentalismo piegas quando tinha vinte e um anos. Mas até isso era muito mais do que a bruxa merecia.

E então, sem cerimônia, Mel passou as garras

contra a garganta de Ava, cortando a jugular e observou o sangue jorrar.

Ela não tinha arrependimentos.

FOI UM MASSACRE. Sem as proteções mágicas, os bruxos pareceram congelar. Eles não tinham feitiços para lançar nos leões e não haviam erguido proteções. O banho de sangue acabou rapidamente. Luke viu uma ou duas bruxas fugir para a floresta, mas não importava. Ava e seu clã foram derrotados, o Poço não seria esvaziado de poder e seu bando estava seguro.

Ele não viu Ava. Rapidamente, ela saiu de vista. Luke tentou captar o cheiro dela. Era a única bruxa que precisava morrer. A mentora do feitiço de sua irmã, a algoz que massacrou a família de Mel, a idiota que tentou entregar seu território aos sugadores de sangue. As acusações contra ela eram muitas para serem misericordiosas.

Acima de tudo, se não a matasse agora, ela voltaria.

Luke reuniu meia dúzia de seus leões e os enviou para procurar Ava. Teve a sensação de que não a encontrariam. Ele não sabia como dizer a Mel que ela tinha fugido, mas Mel estava em outro lugar, eles se separaram pouco antes do ataque final. Ele podia sentir em seu coração que ela estava bem. Iria encontrá-la em breve.

Mas, no momento, precisava encontrar Cassie. Estava suprimindo o desejo de procurá-la e tirá-la daqui por muito tempo. Esperava que uma vez que o feitiço fosse quebrado, ela ficaria segura, fora da luta. Mas o fato de que não a via desde que deixou Krista e Bob o preocupava.

Ele tinha visto Krista, mas Bob devia ter ficado com Cassie. Ele não tinha visto nenhum sinal do outro homem desde então.

Luke fez o caminho de volta para a casa em ruínas onde ele havia deixado Cassie.

Todos os pensamentos sobre a luta fugiram de sua mente quando ele dobrou a esquina e avistou sua irmã. Ela segurava uma ferida na lateral do corpo com as mãos, mas o sangue escorria espesso e escuro entre seus dedos. Bob estava ao lado dela, com um fio de saliva escorrendo ao lado da boca, os olhos vidrados e a pele com um tom marrom esverdeado doentio. Uma faca ensanguentada estava ao lado da mão de Cassie. Parecia que ela a havia deixado cair. O corpo da bruxa que a enfeitiçou estava inerte na poeira do chão, com uma poça de sangue de uma ferida idêntica à de Cassie em seu estômago.

Luke correu para o lado dela, sentindo o peso do medo em seu peito. Colocou as mãos sobre as dela e as encontrou geladas. Mas os olhos dela piscaram e ele viu dor, mas também viu esperança.

— O feitiço se foi — era apenas um sussurro.

— Que bom — ele se inclinou e deu um beijo sem sua testa antes de voltar sua atenção para o homem ferido ao lado da irmã. — Obrigado.

Bob assentiu.

— Ela é forte.

Cassie começou a tossir e Luke chamou um curandeiro.

Tudo depois disso foi rápido. Alguns leões a alcançaram, enfaixando a ferida o melhor que podiam.

O resto da noite passou como um borrão. Os feridos e mortos precisavam ser cuidados, e eles precisavam se livrar dos bruxos e vampiros caídos. Luke ligou para Peklo, o líder dos vampiros, mas não ficou surpreso quando o número estava desconectado. Ele não podia ter certeza de que Peklo estava envolvido no esquema de Ava, mas mesmo se pudesse entrar em contato com o vampiro, sabia que o homem negaria saber do que se tratava.

Luke lidaria com ele mais tarde. Mesmo se Peklo tivesse concordado em se aliar contra ele, não iria atacar agora que os bruxos foram derrotados. Luke tinha contado pelo menos vinte vampiros mortos – a perda era muito alta para montar um ataque imediato se aqueles realmente fossem seus homens.

Quanto aos leões de Luke, perderam dois na batalha e outros três ficaram gravemente feridos. O resto que se feriu iria se recuperar.

Quando o sol começou a aparecer no horizonte, Luke estava prestes a desmaiar de exaustão. Ele havia resolvido muita coisa, trabalhado tão incansavelmente, que não percebeu que não tinha visto Mel desde a batalha.

Ele sabia que ela tinha que estar por perto. Ela não iria simplesmente confessar seu amor e fugir.

Pelo menos, ele achava que ela não faria isso.

Luke iria encontrá-la depois de dormir algumas horas.

O sono passou em um piscar de olhos, e a próxima coisa que ele percebeu foi que estava acordado enquanto o sol do meio-dia entrava em seu quarto. Não teria despertado se não fosse por Maya batendo na porta. Luke vestiu uma camiseta e a abriu, passando a mão para domar o cabelo.

— O que foi? — perguntou.

Maya parecia não ter dormido nada. Mas ela se manteve ereta e não deixou que o cansaço a impedisse.

— Todo mundo conseguiu passar a noite. Murphy disse que acha que todos vão sobreviver.

Luke assentiu, aliviado.

— E a Cassie quer falar com você.

— Obrigado.

Maya assentiu e recuou, falando enquanto se virava.

— Vou descansar um pouco.

Luke estava prestes a deixá-la ir, mas perguntou no último minuto:

— Algum sinal da Mel?

Maya balançou a cabeça e continuou andando.

Cassie estava de volta ao quarto em que esteve durante o feitiço. Ela não estava mais algemada e não precisava de guarda. Mas Bob ainda estava ao lado dela. Os dois pareciam recuperados. Ele recuperou a cor e seu rosto estava em paz.

Ela abriu os olhos e sorriu quando Luke fechou a porta silenciosamente atrás de si.

— Como vai? — ele perguntou.

Bob se levantou e cumprimentou Luke antes de pedir licença para dar a eles um momento a sós.

— Sinto que fui apunhalada no estômago, mas

fora isso, estou bem. — Ela parecia cansada, mas era um tipo de cansaço bom. Não parecia mais derrotada e à beira da morte.

— O que aconteceu? — Ele tinha visto a faca, e não parecia que a bruxa havia esfaqueado-a.

Cassie respirou fundo e fez uma careta.

— Bem, precisávamos matar a bruxa para quebrar o feitiço.

Luke assentiu, ele sabia disso.

— E ela acabou usando um pouco de magia o que significava que eu não poderia desfazer o feitiço. — Cassie estava protelando, ele a conhecia há tempo suficiente para saber.

— E...?

— Quero que você se lembre de que estou viva e vou me curar. O Dr. Murphy disse que vou ficar bem. — Agora, esta era a irmã mais nova de que ele se lembrava. Tentando se manter longe de problemas, não importando o que tenha feito. Luke podia sentir a frustração crescendo. Cassie continuou antes que ele pudesse cutucá-la. — A ligação de Bob para me manter viva foi o que me salvou. Krista me disse que eu estava ligada à bruxa através do feitiço. E que os feitiços são realmente perigosos. Então dei um tiro no escuro e me esfaqueei.

O sangue latejava nos ouvidos de Luke e ele respirou fundo para não fazer nada drástico – como tocar no pescoço da irmã. Ela estava viva, isso era o que importava.

— Então o que fazemos agora? — Cassie perguntou depois que Luke ficou quieto por muito tempo.

— Eu ia te perguntar a mesma coisa. — Ele não podia tomar as decisões de Cassie por ela. Ela cometeu erros - erros horríveis e catastróficos - mas as últimas semanas abriram seus olhos para o fato de que sua irmã estava crescendo. — Você sabe que não pode esconder isso da mamãe ou do Scott.

Cassie gemeu e seu rosto se contraiu de uma dor que não tinha nada a ver com seu ferimento.

— Eles vão me matar. E depois vão me trancar por cem anos. E então me matar de novo só para me ensinar uma lição.

Luke riu, o som puro, algo que ele tinha esquecido de como fazer no caos.

— Vou te levar para casa. Eles não vão te matar quando eu estiver lá.

— Talvez Bob possa me esconder na floresta? — Ela se iluminou.

Luke ergueu uma sobrancelha.

— Por que ele seria capaz de fazer isso? Que floresta?

Cassie revirou os olhos.

— Você sabe, a floresta onde ele é um príncipe elfo? Como nenhum de vocês descobriu isso?

Luke tentou se lembrar de qualquer coisa que sugerisse que Bob era um elfo, quanto mais um da realeza. Mas Luke nunca havia conhecido um elfo antes, não imaginava que fossem reais.

— Como você sabe o que ele é?

— Aquela coisa do vínculo. Peguei algumas coisas que ele poderia não querer compartilhar. — Ela sorriu e se inclinou cinco centímetros antes de estremecer, a ferida em seu estômago se manifestando. — Pode manter isso entre nós dois? Eu não acho que ele gostaria se eu contasse a você.

Luke acenou com a cabeça.

— Claro.

— E quanto a Mel? — perguntou Cassie.

Luke queria saber a mesma coisa.

13

QUEIMAR o corpo demorou mais do que Mel esperava. Ainda pior do que isso foi espalhar as cinzas. Ela e Krista concordaram que lotes separados de cinzas deveriam ser espalhados, apenas por segurança. Nenhuma delas realmente acreditava que Ava pudesse voltar depois que seu cadáver fosse queimado, mas não havia razão para não ter cuidado.

Mel pretendia dizer algo a Luke antes de desaparecer, mas depois de uma noite de descanso percebeu que não seria uma boa ideia. Ele insistiria em ir com ela. Então Maya teria um ataque e o convenceria a levar uma escolta. Em seguida, haveria negociações sobre quem iria, quando e onde. E depois de tudo isso, precisariam negociar uma passagem segura pelos territórios para os quais viajaram.

Seria muito menos dor de cabeça se ela fosse sozinha.

Em algum momento entre o México e a noite da batalha, seu telefone havia sido destruído, então ela não conseguiu nem ligar para Luke. E se o fizesse, receou com medo de que ele viesse atrás dela antes que ela terminasse.

Mel esteve tão ocupada durante a semana que levou para espalhar as cinzas de Ava que só sentia falta de Luke quando teve tempo para ficar quieta. Infelizmente, a quantidade de viagens que fez naquela semana significava que ainda demoraria muito mais tempo do que o normal. Sentia uma dor dentro de si por estar longe dele. E enquanto espalhava o resto de Ava em um penhasco isolado nas montanhas Smokey, não havia nada que quisesse mais do que voltar para o Colorado e se aconchegar perto de seu alfa.

Mas ainda havia uma coisa a fazer, e é por isso que ela deixou a viagem ao Tennessee para o fim.

Era hora de voltar para casa pela primeira vez em vinte e três anos.

Mel estava fora do antigo território de sua família. Parecia uma traição espalhar as cinzas de seus assassinos no lugar onde eles viveram. Mas esperava estar perto o suficiente para resolver seus fantasmas.

Caminhou pela floresta por horas, tentando

encontrar a casa que chamou de lar. Foi mais difícil de encontrar do que o esperado. Ninguém vivia nesta floresta e tudo era diferente de quando ela era criança. Quando Ava abriu o Poço, um incêndio florestal ardeu por dias, destruindo centenas de hectares de floresta. A casa só foi salva por causa dos ventos favoráveis.

Foram aquelas árvores velhas e mudas novas que finalmente trouxeram Mel para o vale onde ela havia crescido. A casa que parecia uma mansão aos seus olhos de criança agora era apenas grande e estava em um triste estado de abandono.

Todas as janelas, exceto uma, estavam rachadas ou completamente quebradas, a tinta azul havia lascado e apodrecido. O telhado do lado norte da casa desabou completamente.

A única coisa que restava de sua família era uma ruína.

Mas a varanda parecia forte o suficiente e Mel decidiu arriscar.

Se sentou na madeira lascada e puxou as pernas para perto, apoiando a bochecha contra o joelho. Sentada assim na varanda, esperava que o peso dos últimos anos diminuísse. Achou que ficaria aliviada por ter realizado sua vingança, ela esperava que o buraco em seu peito fosse preenchido.

Em vez disso, sentiu um pouco de paz e uma

vontade irresistível de chorar. E ela cedeu. Mel deixou as lágrimas rolarem, e quando os soluços vieram, soluçou e fungou até que sua cabeça doesse e seus olhos ardessem. Ela estava péssima, mas não havia ninguém na floresta para ver.

Mas as lágrimas diminuíram e Mel enxugou os olhos com as costas da mão. Ela se levantou da varanda e se espreguiçou. E então ela se afastou, sem olhar para trás na casa.

Este não era mais seu lugar. O território deveria ser seu, mas a vida tinha um jeito de estragar tudo. Ela era uma ladra, era amada e agira bem com sua família, destruindo a mulher que os havia destruído. Mas não iria morar em uma casa mofada na zona rural do Tennessee. Não iria se esconder nesta floresta agora que sua missão estava completa.

Ela tinha um voo para pegar,

A MÃE de Luke insistiu em levá-lo de volta ao aeroporto depois que ele trouxesse Cassie para casa.

Como a irmã previu, seus pais não ficaram felizes, mas grande parte da raiva recaíra sobre ele. Afinal, ele optou por não os contatar quando ela estava perto da morte.

Luke quase se sentiu mal por deixar Cassie com eles, mas ela sobreviveu ao feitiço. Ele duvidava que sua mãe e seu padrasto pudessem fazer pior.

— A Cassie me disse que você conheceu uma garota — disse sua mãe ao entrar no estacionamento do aeroporto.

Trinta e um anos de idade, alfa de sua própria alcateia e ele ainda corava quando a mãe perguntava a ele sobre garotas. Luke queria gemer, mas então o pensamento do que Mel diria a ele se pudesse vê-lo o fez sorrir.

— Ah, agora sei que conheceu mesmo. — O sorriso de sua mãe poderia ter iluminado o sol.

Se ao menos Luke soubesse para onde Mel tinha ido. Quem confessava estar apaixonado no meio de uma batalha e depois desaparecia sem se despedir? Ele e sua ladra precisavam conversar sobre comunicação.

— Ela roubou a Esmeralda Escarlate de mim. — Eles a recuperaram no rescaldo da batalha, mas Luke estava pronto para se livrar da pedra vermelha espalhafatosa. Não queria correr o risco de sofrer outro roubo, especialmente agora que sabia que a pedra poderia ser usada para acessar o Poço.

— Tente não parecer tão orgulhoso do roubo. — Sua mãe estava confusa.

— Ela é minha companheira. — Suas palavras eram repletas de orgulho, satisfação e amor. Luke não era ladrão, não aprovava roubo, mas saber que sua mulher era uma das melhores superava de alguma forma seus escrúpulos morais.

Isso era o suficiente para sua mãe. Ela o acompanhou até o aeroporto e o deixou com um abraço e um grande beijo na bochecha. Luke passou pela segurança e chegou ao portão com tempo de sobra.

Melhor ainda, antes de embarcar no avião, uma comissária de bordo chamou-o ao balcão e avisou que sua passagem havia sido mudada para a primeira classe. Não explicaram o porquê, mas Luke não recusou. Ele não era idiota.

Enquanto esperava para embarcar, enviou vários e-mails e mensagens de texto, mas algo no limite de sua consciência o distraía. Não era bem um som ou cheiro, e ele não conseguia definir o que era.

Depois de meia hora, o embarque começou e Luke entrou primeiro, sentando-se no assento no corredor e se acomodando. Esticou as pernas o máximo que pôde e seus joelhos nem chegaram perto do assento à sua frente.

Paraíso.

Ou o mais perto do paraíso que se poderia chegar em um voo doméstico.

Os passageiros entraram e guardaram suas bagagens conforme os minutos passavam. Depois do que pareceu uma pequena eternidade, os sons de pessoas se acomodando diminuíram.

Estavam prontos para ir.

O assento da janela ao lado dele estava vazio e ele presumiu que não teria nenhum vizinho pelo resto do voo. Isso até que uma mulher se aproximou de sua fileira e ficou ao seu lado. Quando o cheiro dela o invadiu, Luke sorriu.

Ele olhou para cima para ver Mel usando a peruca vermelha e com uma bolsa na mão. Ela usava óculos escuros enormes e um vestido amarelo.

— Acho que esse é o meu lugar. — Ela apontou para a janela, sua voz quase uma oitava acima do normal.

— Certamente. — Luke se levantou para deixá-la entrar, mas Mel demorou, deixando seus corpos se roçarem. Ele levou as mãos aos seus quadris, deslizando sobre eles antes que ela se sentasse.

— Então — Mel disse uma vez que colocou a bolsa na frente dela. — Vem sempre aqui?

Luke segurou a mão dela e entrelaçou seus dedos nos dele.

— Você fez um upgrade na minha passagem? Como sabia que eu estaria neste voo?

Mel levou a mão dele aos lábios e beijou-a.

— Uma ladra nunca conta seus segredos.

Ele queria beijá-la. Queria fazer coisas muito mais travessas, mas a falta de privacidade abafou seu ardor. Mas sua felicidade e alívio ao ver Mel não mudaram o fato de ela ter ido embora sem dizer uma palavra.

Ele respirou fundo para colocar tudo para fora, mas ela o venceu, falando antes que ele pudesse interrogá-la.

— Lamento ter partido. Krista e eu cuidamos da Ava, e então precisávamos ter certeza de que ela não poderia voltar. — Luke só podia imaginar o que isso significava. Morto era morto. A maior parte do tempo. Mel continuou. — E então eu precisei cuidar de algumas coisas antes de poder ir te ver.

— Me ver? — Pensamentos de momentos roubados enquanto ela vagava pelo mundo, roubando, se envolvendo em perigo, encontrando outros homens apareceram em sua mente. — Eu não sou um amante.

Ela mordeu o lábio e parecia tão fofa que Luke não conseguiu evitar de se inclinar para frente e capturar seus lábios. Ela colocou os braços ao redor dele e, naquele momento, ele teria aceitado qualquer promessa que ela fizesse, se isso significasse que ele teria mais um minuto para beijá-la.

Uma aeromoça passou por ele e foi o suficiente para lembrar Luke que ele e Mel estavam em público. Ele se afastou, mas não muito.

— O que acha de companheiro? — perguntou Mel. — Achei que seria bom.

O polegar de Luke roçou suavemente sua bochecha.

— Companheiro é mais o que estou procurando.

— Você não vai fazer nada louco, certo? — Ela se afastou apenas o suficiente para dar-lhe espaço para respirar.

Luke não queria o espaço.

— Louco?

— Sabe, me pedir para largar meu trabalho diurno? Algo assim? — O fato de ela estar aqui significava que ela o conhecia melhor do que isso. Mas Luke também percebeu que ela estava apavorada. Feliz, pronta, mas absolutamente inseguro do que isso significaria.

Ele ergueu um dedo:

— Um pedido. Por enquanto. — Ele acrescentou a última parte como precaução.

— Qual?

— Não roube dos meus aliados. Não importa o que eles tenham. — Tomar uma ladra como sua companheira complicaria as coisas, mas ele não se importava.

Mel esfregou a bochecha em seu ombro, se aninhando ao lado dele e descansando lá.

— Acho que posso controlar isso.

Enquanto o voo decolava, Luke podia ver os dias e anos vindouros diante dele com Mel ao seu lado. Eles provavelmente enlouqueceriam um ao outro centenas de vezes. Mas amariam e ririam, lutariam e fariam amor por horas. Enfrentariam seus inimigos e ficariam lado a lado como os alfas de sua alcateia. Haveria complicações, dificuldades. Mas Mel era a mulher para ele. Ele a amava, ela era sua companheira e sua igual.

Enquanto seu voo seguia para o oeste, o futuro se estendia diante deles. Não havia mais ninguém que ele preferisse estar sentado ao lado, pronto para enfrentar o que viesse juntos.

Obrigada por ler! Se você gostou dessa história, por favor, deixe um comentário na loja em que adquiriu o livro.

OUTROS LIVROS DE KATE RUDOLPH

Roubando o Alfa

- O roubo do alfa
- Enredado com a ladra
- Na cama do alfa

SOBRE A AUTORA

Kate Rudolph é escritora de romances paranormais e de ficção científica que vive em Indiana. Ela adora escrever sobre heroínas radicais e os heróis ardentes que as amam. Devora romances desde que era muito nova para lê-los e teve que esconder seus livros para que ninguém os levasse embora. Ela não poderia imaginar um trabalho melhor neste mundo do que escrever romances e compartilhá-los com seus colegas leitores.

www.ingramcontent.com/pod-product-compliance
Ingram Content Group UK Ltd.
Pitfield, Milton Keynes, MK11 3LW, UK
UKHW041955190726
13854UKWH00005B/1984